CONTACT ILLÉGAL

Ce livre est une œuvre de fiction. Tous les noms, les personnages, les lieux et les incidents décrits sont le produit de l'imagination de l'auteur. Toute ressemblance avec des personnes existantes ou ayant existé, des choses, des lieux ou des événements réels, serait purement fortuite.

Couverture par Kari March Designs

Traduit de l'anglais par Emily B et Valentin Translation

www.authoremilysilver.com

 Réalisé avec Vellum

CONTACT ILLÉGAL

Les Lions De Denver

EMILY SILVER

Interférence

Interférence

Définition : un joueur de défense qui bloque un receveur attaquant à plus de 5 yards de la ligne de mêlée ; contact important avec un receveur après que ce dernier a avancé de 5 yards au-delà de la ligne de mêlée.

Prologue

KNOX

— Oh la vache !

L'emblème du Mountain Lion me fixe de l'autre côté du vestiaire. Le sac que je porte me scie la paume alors que je le serre plus fort.

Je n'arrive pas à croire que nous y sommes enfin arrivés. Le jour dont je rêve depuis que j'ai commencé à jouer au football chez les *pee wee*.

Mon tout premier jour dans la NFL.

Et je jouerai pour la meilleure équipe de la ligue.

— Hé mec, ça va ?

Quelqu'un me tape sur l'épaule et je me retourne pour voir le colosse à côté de moi.

— T'as pas l'air bien. C'est ton premier jour ?

Je ne suis qu'une boule de nerfs prête à exploser, mais je me retiens.

— C'est si évident que ça ?

Ce type est immense. Avec des bras de la taille de ma tête, il pourrait me mettre cul par terre d'un petit coup de doigt.

— Matthew Roberts.

Je serre la main qu'il me tend.

— Je sais. T'es le meilleur linebacker de la ligue. Knox Fisher.

Il me fait un grand sourire.

— Et c'est toi qui vas me piquer mon poste.

Je hausse une épaule.

— Je ne sais pas si je serai un jour à ton niveau.

— C'est pour ça qu'on apprend des meilleurs, comme je l'ai fait.

Les gars commencent à entrer dans le vestiaire. Alex Young, le nouveau quarterback de Denver, me fait un signe de tête.

Ce n'est pas mon genre de me laisser impressionner par les stars, mais merde, quand même !

Tout le monde dit qu'il va emmener Denver au Super Bowl cette année. Je n'arrive pas à m'imaginer y jouer en tant que débutant. Mais je ne commencerai pas avec Roberts dans l'équipe.

Roberts me donne un coup de coude, m'indiquant quelques casiers libres.

— La défense est par là. Vas-y, prépare-toi et je pourrai faire quelques exercices avec toi si tu veux avant le début de l'entraînement.

— Sérieux ?

— Ouais. Crois-moi, je ne suis pas arrivé là où je suis maintenant tout seul. Apprends de ceux qui en savent plus que toi et tu iras loin.

— Hé, merci, mec. C'est super sympa.

— Pas de problème. À tout à l'heure.

Il se dirige vers son casier. Je pose mon propre sac et respire profondément. Cet espace en bois exigu pourrait être ma maison pour les prochaines années.

Mais j'essaie de ne pas y penser.

L'énergie est palpable, les gars, qu'ils soient débutants

ou vétérans, remplissent le vestiaire. Les entraîneurs et les coachs vont et viennent pendant que j'enfile mes protections et mon maillot d'entraînement.

— D'où tu viens ? demande Roberts alors que nous nous dirigeons vers l'extérieur.

Le terrain d'entraînement est encore plus intimidant que le vestiaire. Les gars sont déjà en train de faire des exercices avec les entraîneurs, de plaquer des mannequins ou d'attraper des passes du quarterback remplaçant.

C'est ici que les garçons deviennent des hommes. Seuls cinquante-trois joueurs seront retenus.

J'essaie de ne pas me focaliser là-dessus.

— Du Michigan.

— On est tous les deux des gars du Midwest. Je viens de l'Indiana.

Je lui souris.

— Est-ce que j'aurais l'air d'un fan si je disais que je le savais ? J'ai ta carte de recrue quand tu as commencé à jouer dans l'Indiana. C'est pour ça que j'ai voulu jouer en défense.

— Merde, gamin, tu me fais me sentir vieux. Tu portais probablement des couches quand j'ai commencé à jouer.

Je le suis vers l'une des zones d'en-but où se trouvent des mannequins de plaquage.

— Nan, tu as commencé quand j'étais au collège.

Une main épaisse me tape sur l'épaule. Avec ses cheveux et ses yeux noirs, il est intimidant. Pas étonnant qu'il soit si bon contre les attaques adverses. Il me donne envie de courir dans l'autre sens.

— Abandonne tant que tu es en tête.

— Bien sûr.

Mon regard se porte à nouveau sur le terrain devant

moi. Les tribunes s'alignent d'un côté tandis que la ville s'étend de l'autre.

Quelques personnes sont rassemblées sur le terrain.

— C'est qui la fille ? dis-je en faisant un signe de tête en direction de la femme qui avance dans notre direction.

Avec sa casquette baissée, il est difficile de voir son visage. Mais ces formes ? Merde, j'aimerais bien voir à quoi elles ressemblent sans vêtements.

— Tu parles de Frankie ?

C'est alors que je remarque l'homme à côté d'elle. Évidemment, une fille comme ça est forcément déjà en couple.

— Non, la femme à côté de lui.

Roberts secoue la tête en commençant à s'étirer.

— Tu parles de Frankie.

Je secoue la tête.

— Tu es sûr que tu vois encore clair, mon vieux ?

— Fais gaffe, petit.

En temps normal, le regard qu'il me lance m'aurait fait fuir. Sauf que là, j'essaie de faire mes preuves pour intégrer l'équipe.

— Désolé. Je pense juste qu'on regarde deux choses différentes.

Il semble scruter quelque chose avant que son visage ne s'éclaire.

— Salut Frankie ! crie-t-il.

La femme s'approche de nous et lui tend le poing.

— Prêt à montrer à ces gars ce qu'il faut pour être un linebacker, Roberts ?

— Absolument !

Il cogne le poing de Frankie avec le sien, puis tend le bras vers moi.

— Tu as rencontré notre nouvelle recrue ?

— Frankie ?

Ma voix se brise comme celle d'un préadolescent.

La personne qui se tient devant moi retire sa casquette. Ses cheveux châtain clair tombent en cascade sur ses épaules. Des yeux marron qui semblent prêts pour une dispute me fixent tandis qu'elle croise les bras.

Ça ne sent pas bon.

— Pour toi, c'est Coach Rose, gamin. Entraîneuse adjointe des défenseurs.

Oh, merde.

Ça ne sent vraiment pas bon.

— Euh, salut, dis-je, essayant de me reprendre en lui tendant la main. Knox Fisher.

Ses yeux se posent sur moi. Quelle que soit la première impression que j'ai faite à cette femme, ce n'est pas celle que je voulais. Puisqu'elle est entraîneuse adjointe, je vais devoir travailler avec elle tous les jours.

— Peut-être que j'apprendrai ton nom si tu fais partie de l'équipe, dit-elle avant de faire un signe de tête à l'homme qui se trouve à côté de moi. Roberts. N'hésite pas à faire preuve de discipline.

Oh, merde.

J'aurai de la chance si je suis sélectionné.

Chapitre Un

KNOX - SEPT ANS PLUS TARD

— Messieurs, mettez-vous à genoux.

J'attrape mon casque par la grille et je l'enlève. La sueur coule sur mon visage. J'ai l'impression qu'il fait plus chaud que sur la surface du soleil aujourd'hui, mais c'est parce qu'on s'est entraînés toute la matinée. Newman, notre nouvelle recrue, s'effondre sur le sol à côté de moi.

— Putain, il fait chaud. Je ne pensais pas qu'il faisait chaud à Denver.

Ses cheveux blonds sont pratiquement noirs de sueur.

J'attrape la bouteille d'eau qui se trouve sur le banc, j'en bois une gorgée et je la lui passe.

— Bienvenue dans la cour des grands. Tu ferais mieux de t'y habituer, petit.

— Merde.

Les joueurs se déplacent autour de nous et s'agenouillent tandis que l'entraîneur Brooks nous observe tous.

— Vous ne pensiez quand même pas que j'allais y aller mollo avec vous aujourd'hui parce que c'est le jour des familles, si ?

Quelques joueurs rient de la blague de l'entraîneur. Pas moi. Je suis bien placé pour le savoir. Il attend de nous que nous travaillions dur à l'entraînement. C'est là qu'on gagne ses galons, dit-il.

— Les choses se mettent bien en place, poursuit-il. L'attaque, la défense, les équipes spéciales. Ce sera difficile de faire des choix cette année. On a beaucoup de talents parmi vous et on va faire un sacré parcours cette année.

Je regarde tous les gars autour de moi. Denver a acheté quelques nouveaux joueurs l'année dernière et en a recruté d'autres pour renforcer notre attaque. Après la défaite contre San Diego dans le match de championnat de l'AFC l'année dernière, nous avons besoin de leur aide. On peut sentir l'amertume de ceux d'entre nous qui ont joué ce match.

C'était lamentable. On a joué comme une bande d'écoliers et on a perdu contre un rival de division. C'était vraiment nul. Mais au moins, on n'a pas perdu contre Vegas.

— C'est une saison nouvelle et différente pour nous, ajoute-t-il. Nous avons un match à Londres. Il y a beaucoup de choses qui nous attendent. D'ici là, profitez de l'après-midi avec vos familles et on se retrouve tous ici demain pour l'entraînement.

Les gars se séparent tandis que les familles commencent à se disperser sur le terrain d'entraînement. Je passe mon maillot et mes protections par-dessus ma tête et je les laisse tomber sur le sol. Mon t-shirt d'entraînement, désormais taillé au millimètre près, me colle à la peau. Putain, ça fait du bien de ne plus avoir de protections.

Il fait vraiment plus chaud que dans un caleçon aujourd'hui.

Newman me fait un signe de la main en allant

retrouver sa famille, tandis que je déambule vers Jackson avec Tenley.

— Salut Knox ! dit Tenley qui s'apprête à me serrer dans ses bras, mais en voyant comme je transpire, elle me fait un signe de la main à la place. Comment se présente la défense cette année ?

— J'espère qu'on va corriger les erreurs de l'année dernière.

Elle balaie mon commentaire d'un revers de main, un sourire illuminant son visage. Elle est probablement la personne la plus joyeuse que j'aie jamais rencontrée.

— Je suis sûre que vous y arriverez.

— Comment va le petit gars ?

Au même instant, Noah se lève en vacillant, Jackson juste derrière lui.

— Je pense qu'il pourrait faire un bon *running back.*[1]

Jackson a l'air d'avoir aussi chaud que moi. Les semaines d'entraînement ont été éprouvantes. Je ne sais pas comment il fait pour avoir autant d'énergie.

Jackson s'écroule sur le dos, Noah fait de même. Si Jackson fait quelque chose, il fait de même. Le gamin veut manifestement lui ressembler. Probablement parce qu'il n'a pas passé toute la matinée à soulever des poids et à faire des exercices.

— Il fait aussi la sieste deux fois par jour, précise Tenley. Tu aurais ce genre d'énergie si tu pouvais dormir deux fois par jour.

Jackson plisse les yeux en nous regardant.

— Crois-moi, si on est au lit, il n'y a pas de sieste.

— Mec, tu ne peux pas dire ça devant le bébé ! je lui lance.

Tenley se contente de rire.

---

1. Porteur de ballon

— Il ne comprend pas, pas vrai ?

Jackson le soulève et le fait voltiger devant lui. Le bébé explose de rire.

— Il me semble avoir entendu mon filleul, dit Colin en accourant vers nous et en claquant une bise à Tenley au passage.

— Ça n'est pas ton filleul, lui dit Jackson, en asseyant Noah sur ses genoux.

— Allez, quoi, le gamin m'adore, dit Colin en se penchant vers lui, mais Noah le fixe d'un regard vide. Il ne me reconnaît pas, c'est tout.

— Ou bien, il ne t'aime pas, le taquine Jackson.

Un mouvement derrière eux attire mon regard.

Frankie.

Frankie Rose, putain.

La femme qui me rend fou à bien des égards. Sur le terrain et en dehors.

Elle discute avec d'autres coordinateurs de la défense, un bloc-notes à la main. Frankie est toujours en train de travailler.

C'est la première fois que je la vois longuement. Elle a participé à de nombreuses réunions au cours des premières semaines du camp d'entraînement. Elle apprenait sans doute les nouvelles tactiques mises au point au début du camp.

Putain, elle m'a manqué.

L'intersaison a été longue cette année, après le départ qu'on a eu. Encore plus longue sans elle.

— Quelque chose ne va pas, Knox ? demande Tenley.

Je tourne les yeux vers elle.

— Quoi ?

— Tu fais une de ces têtes, dit-elle en agitant un doigt circulaire devant moi avant de regarder autour d'elle.

— Noah ! Viens dire bonjour à Oncle Carter !

Alex attitre l'attention de Tenley et elle se tourne vers Carter et lui, qui font maintenant partie de notre petit cercle.

Merci, putain. Je n'ose imaginer la tête que je faisais.

— Pourquoi il a le droit d'être Oncle Carter, lui ? se plaint Colin. Je veux juste que le gamin m'aime bien.

— Personne n'a dit que tu ne pouvais pas être Oncle Colin. Mais tu ne peux pas l'appeler ton filleul, dit Jackson en tendant Noah à Carter, qui prend le même air chagrin que l'enfant.

Mes yeux reviennent sans cesse sur Frankie. Elle m'attire, je n'y peux rien. Je suis chaque geste qu'elle fait.

— Tu pourrais avoir un enfant à toi, Colin. Là, il t'aimerait c'est sûr, lui dit Alex, mais il regarde Carter et Noah comme si c'était la plus belle chose au monde.

— Ça me va bien d'être Oncle Colin. En plus, je ne sais pas si Waffles aimerait les enfants.

Jackson se moque de lui en attirant Tenley à ses côtés.

— Waffles l'adore. C'est pas grave si tu ne veux pas d'enfant.

— J'aime passer du temps seul avec Peyton, dit-il en me donnant un coup de coude dans les côtes. Et toi ?

— Des gamins ? Ou passer du temps seul avec Peyton ? dis-je juste pour le taquiner.

Vu la tête qu'il fait, j'ai tapé dans le mille.

— T'es con.

— Je suis désolé pour Noah, dit Carter. Le premier mot du pauvre gamin en sera un gros.

— C'est ce qui arrive quand on est entouré de ces imbéciles.

Alex dépose un baiser sur la joue de Carter.

— Quelqu'un a vu Logan ?

— Il fait faire un tour à sa famille. Il a dit qu'il les amènerait plus tard, dit Jackson en s'allongeant.

J'agite un doigt vers les autres gars.

— Aucun d'entre vous ne voulait faire faire un tour à sa famille ?

— Non, disent-ils tous à l'unisson.

— Tu oublies que je suis déjà venu ici, me dit Carter.

— Et que Peyton travaille ici, ajoute Colin.

— Si quelqu'un surveille Noah pour moi, ça me va de ne pas bouger du tout, dit Tenley.

— D'accord, alors.

Après avoir serré la main de l'entraîneur Jenkins, Frankie se retourne, ses yeux s'arrêtant sur les miens pendant une fraction de seconde, avant qu'elle ne traverse le terrain en direction des tribunes situées de l'autre côté. Elles sont là lorsque nous organisons des journées pour les supporters, mais aujourd'hui, elles sont heureusement vides.

— Il faut que j'aille boire un coup, dis-je. Je reviens tout de suite.

L'un des gars m'appelle, mais je l'ignore. Gardant Frankie dans mon champ de vision, je marche du côté opposé du terrain alors qu'elle passe sous les gradins en direction du hangar à matériel.

Je me rapproche d'elle en trottinant rapidement, et je saisis la porte pour qu'elle ne puisse pas entrer.

— Putain, Knox. Qu'est-ce que tu fais ?

Ses joues sont hâlées et des taches de rousseur parsèment son visage. C'est vraiment adorable.

— Tu m'as fait un signe de tête.

— Je ne t'ai pas fait de signe de tête.

— Si, après avoir serré la main de l'entraîneur Jenkins.

Frankie jette un coup d'œil de part et d'autre, vérifiant que la voie est libre, avant de faire un pas vers moi. Elle est à hauteur de mes yeux.

— Tu sais qu'on ne peut pas être vu ensemble ici. Il y a trop de gens qui regardent.

C'est pour cela que j'aime tant le début de la saison de football. Pas parce que c'est le sport que j'aime le plus au monde. Mais à cause de cette femme.

— Personne ne m'a vu.

— Knox… sa voix reste en suspens.

Je m'approche d'un pas.

— Je ne peux pas venir te dire bonjour ?

— Pas comme ça.

— Frankie.

Je balaie une mèche de cheveux de son cou, laissant ma main s'y poser. Son pouls s'accélère à mon contact.

Je rapproche ma bouche de la sienne. Ses yeux descendent jusqu'à mes lèvres. Elle lève une de ses mains et s'agrippe à ma chemise.

Elle en a autant envie que moi.

Et je suis plus que prêt pour ça.

Après ne pas avoir pu être avec elle pendant si longtemps, j'ai trop envie d'elle. Je veux sentir chaque centimètre de son corps plaqué contre moi alors que nous recommençons tout.

Mes lèvres sont à quelques millimètres des siennes lorsqu'un sifflement provenant du terrain vient briser le brouillard lubrique qui envahit mon cerveau. Je sursaute comme si j'avais été brûlé.

Bordel de merde.

Frankie passe une main dans ses cheveux.

— Je dois y aller.

Je la vois s'éloigner en regardant ses hanches se balancer à chaque pas dans ce short informe et le débardeur Mountains Lions qu'elle porte.

Cela n'arrange en rien le problème qui grandit dans mon propre short.

Parce que je sais à quoi elle ressemble en dessous.

Je m'ajuste et je retourne sur le terrain. Les gars sont encore en train de s'extasier devant Noah.

— Ah, te voilà, Knox ! Je me demandais où tu étais passé, dit l'entraîneur Brooks qui surgit à mes côtés. Allons trouver Coach Rose. Quelques personnes veulent rencontrer nos défenseurs titulaires et leur entraîneur.

— Je crois que je l'ai vue par là.

J'indique la direction opposée à celle d'où je viens.

— Super. Frankie finira par prendre ma place un jour. C'est l'une des meilleures entraîneuses que nous ayons.

— C'est vrai, Coach, dis-je luttant pour ne pas grimacer. La meilleure entraîneuse que j'ai jamais eue.

La meilleure au lit aussi.

Mais, ça, je ne le lui dis pas.

Chapitre Deux

FRANKIE

— Newman. Tu devrais descendre plus bas. Tu continues à mener avec ton casque. Ça va nous attirer des fautes à chaque fois.

Les débutants. Ils savent comment jouer, mais ils ont besoin de beaucoup d'ajustements pour être à la hauteur de la NFL.

— Désolé, coach Rose.

— Ne sois pas désolé. Montre-moi que tu peux le faire. Frappe-les fort, frappe-les proprement.

Il me fait un signe de tête en retournant sur la ligne. Knox l'attrape et lui montre le mouvement que j'ai travaillé avec lui ces dernières semaines au camp d'entraînement.

— Retournez sur la ligne, les gars, dis-je en sifflant, les envoyant se mettre en position. Comme on l'a fait à l'entraînement.

Je siffle à nouveau et je les regarde se mettre en mouvement. Cette fois, Newman atteint la cible à l'endroit exact où je lui ai répété de le faire.

— Bien joué, gamin ! Tu as senti ça ? Comment tu peux obtenir plus de puissance en descendant plus bas ?

— C'était super, coach.

— Bien, dis-je en lui donnant une tape sur le casque. Continue comme ça et tu seras sur la bonne voie pour commencer.

Il boit une gorgée d'eau.

— Vous croyez ?

Knox arrive derrière lui et prend sa propre bouteille.

— Tout le monde doit bien commencer quelque part.

Je fais un petit sourire à Knox, avant de me retourner vers Newman.

— C'est vrai. Fisher n'a pas commencé le premier jour.

— Seulement parce que le meilleur linebacker de tous les temps jouait pour nous, affirme Knox.

— Comment c'était de jouer avec Roberts ? demande Newman. Je ne peux pas imaginer être entouré d'autant de grands joueurs.

— Tu t'imprègnes dit Knox en essuyant son visage d'un bras musclé.

Même en sueur après l'entraînement, il est plus sexy qu'il est permis d'être. C'est plus dur que ce que j'imaginais de détourner le regard.

— Tu apprends tout ce que tu peux de ceux qui en savent plus que toi, continue-t-il.

— T'as tout compris, dit Newman en remettant son casque et en trottinant vers le terrain d'entraînement.

— Tu as l'air trop contente, commente Knox en buvant son eau.

Je sais que mon sourire doit être immense, mais c'est l'une des raisons pour lesquelles j'aime tant entraîner.

— Tu n'as pas besoin d'être aussi suffisant.

— Qui a dit que j'étais suffisant ? répond Knox en se

protégeant les yeux du soleil et en se tournant vers moi. Je ne fais que le souligner.

Je croise les bras sur ma poitrine et me tourne vers lui.

— Tu veux vraiment te frotter à moi ?

Il hausse un sourcil.

— Tu sais bien que oui.

— Ça te dit vingt tours de terrain ?

— C'est bon, merci, dit Knox en levant les mains avant de retourner sur le terrain.

— Continue à faire le malin et tu les feras, dis-je avant d'attraper le sifflet et de faire savoir à tout le monde qu'il est temps de recommencer. Très bien, les gars. Le premier match de la saison est contre San Diego. Ils se sont améliorés depuis la saison dernière, alors vous devez être à la hauteur.

— Pourquoi on doit jouer contre eux ? se plaint une voix quelque part sur le terrain. On ne pourrait pas jouer contre Cleveland ? C'est eux qui ont les plus mauvais résultats.

— Parce que, dis-je en me tournant vers ma ligne, ils nous ont battus dans le match de championnat. La ligue adore ce genre de choses. Je veux qu'on commence fort. Personne ne va contourner ma ligne, vous m'entendez ?

Tous les linebackers et l'ensemble de la ligne de défense me regardent.

La défaite en *playoffs*[1] l'année dernière a fait mal. Tous les entraîneurs ont regardé des heures de vidéos, étudié tout ce qu'ils pouvaient pour essayer de s'améliorer cette saison.

Personne ne veut perdre un match contre une équipe de sa division avant le Super Bowl.

---

1. Tournoi final à élimination directe également appelé série éliminatoire ou « playoffs.

Nous voulons que cette année soit différente.

— Carrément, Coach Rose ! Tout le monde se met à applaudir, et à se donner des tapes sur le casque.

C'est pour cela que j'aime ce sport. En grandissant, j'ai vu mon frère tisser des liens avec tous ceux avec qui il jouait. J'étais jalouse, je voulais tellement jouer. Ma mère ne voulait rien entendre.

J'ai commencé comme porteuse d'eau au lycée et j'ai gravi les échelons. Une fois à l'université, j'ai aidé mon petit frère, même s'il jouait à un autre poste.

Je savais que j'aimais ce sport et que je voulais y participer de toutes les manières possibles.

Je croyais que je voulais être entraîneuse de quarterbacks. Mais lorsqu'on m'a demandé d'aider le coordinateur de la défense à l'université, je suis devenue accro.

Il y a quelque chose qui m'a attirée dans la défense - la façon astucieuse dont ils découpent les jeux pour empêcher les *running backs* de passer.

J'adore ça.

— Rose. Le coach veut te voir dans son bureau ! crie un assistant depuis la ligne de touche, me sortant de mes pensées.

Knox me jette un coup d'œil.

Pourquoi, à chaque fois que l'entraîneur veut me voir, j'ai la peur au ventre ?

— D'accord. Circuits de retournement et de plaquage, dis-je en regardant tous mes gars. On travaillera sur quelques passes quand je reviendrai.

Je me dirige vers le bâtiment d'entraînement, je prends quelques inspirations et j'entre.

L'entraîneur Brooks m'attend, des papiers étalés sur son bureau.

— Merci d'être venue me voir, Frankie.

— Pas de problème. Tout va bien ?

Je m'assieds devant son bureau, la fenêtre derrière lui donnant sur le terrain et offrant une vue parfaite sur tout ce qui se passe durant l'entraînement.

— Oui, et non. J'ai reçu des nouvelles inattendues de l'entraîneur Riley.

— Qu'est-ce qu'il ne va pas ?

Je me redresse sur ma chaise, mon angoisse initiale se dissipant.

— Il a décidé de prendre sa retraite à la fin de la saison.

— Ah bon ? dis-je, sans pouvoir cacher la surprise dans ma voix. Ils l'avaient pressenti pour être le prochain entraîneur principal.

— Tu essaies de refiler mon poste ? dit l'entraîneur dont les lèvres s'étirent en un sourire amusé.

— Je suis désolée. Je ne pensais pas qu'il raccrocherait son sifflet de sitôt.

— Eh bien, ça pourrait être un mal pour un bien.

— Qu'est-ce que vous voulez dire ?

Je repousse ce sentiment d'espoir au fond de mon ventre.

— L'entraîneur Jenkins va devenir coordinateur de la défense. Nous avons toujours su qu'il prendrait ça en charge.

J'acquiesce.

— Ce qui veut dire que le poste d'entraîneur des linebackers est à prendre, ajoute-t-il.

— Suis-je pressentie pour le poste ?

En tant qu'assistante, je fais beaucoup de tâches subalternes. Je suis sur le terrain et j'exécute les tactiques que les autres entraîneurs élaborent. Je connais bien le jeu, mais je n'ai pas grand-chose à dire. Ce serait une grande opportunité pour moi.

— Oui. Tu es l'une des meilleures entraîneuses avec

lesquelles j'ai eu le plaisir de travailler, Frankie. Il te suffit de rester dans le droit chemin, et le poste est à toi.

Je ravale la culpabilité qui s'est installée.

Le droit chemin.

Tout ce que je fais pour ce poste est dans le droit chemin.

Sauf ces activités *extrascolaires.* Si quelqu'un de l'équipe était au courant, je serais virée.

Et maintenant que je suis en lice pour cette promotion ?

Notre situation risque d'être encore plus compliquée. Cela signifie que nous devons être très prudents. Parce que je suis maintenant un peu plus proche de mon but ultime.

J'affiche un grand sourire, sans laisser l'émotion me trahir.

— Je ne vous décevrai pas, Coach.

Chapitre Trois

FRANKIE

— Regardez-moi qui va là ! résonne la voix de Becky dans le petit bar.

Je secoue la tête et passe devant les tables bondées pour rejoindre ma meilleure amie.

— On dirait que tu ne m'as pas vue depuis des mois.

Elle repousse ses cheveux auburn sur son épaule et me tend un gobelet en cuivre.

— Au moins quelques semaines. Tu es déjà en mode football.

Je bois une longue gorgée, appréciant le goût du gingembre qui explose sur ma langue.

— Ce n'est qu'un camp d'entraînement. Je ne suis pas en mode football.

— J'ai l'impression d'être une épouse de footballeur, qui te perd quand la saison commence, déclare Becky.

— Je pense que tu exagères un peu.

Becky passe un doigt sur le sel autour de son verre et l'aspire.

— J'exagère ? Probablement. Mais tu ne peux pas mentir et dire que je te vois autant pendant la saison.

— Tu sais que j'ai toujours du temps pour toi, Beck.

— Mouais, bref.

— Peut-être que tu ne veux pas entendre ma nouvelle, alors.

Elle se redresse sur son siège.

— Quelle nouvelle ?

— Notre coordinateur de défense prend sa retraite à la fin de la saison.

Elle écarquille les yeux.

— Qu'est-ce que cela signifie pour toi ?

— Cela signifie que je pourrais être promue entraîneuse des défenseurs.

— Oh, dit-elle en s'affaissant sur son siège. Je pensais que tu serais promue coordinatrice de la défense.

— Je dois encore faire mes preuves, lui dis-je alors qu'on pose une assiette de nachos sur la table. Mon Dieu, je meurs de faim.

—Je pense que c'est déjà fait.

— Tu oublies que je suis une femme qui travaille dans un monde d'hommes — j'attrape un nacho, le remplis de fromage, de viande hachée et de guacamole avant de le mettre dans ma bouche. Il me faudra encore des années de plus pour obtenir une promotion.

— Alors peut-être que tu devrais te concentrer sur la raison pour laquelle tu ne sors avec personne plutôt que sur ce poste d'entraîneuse.

Elle agite une main devant moi en prenant une bouchée beaucoup plus digne d'une dame. Becky est la seule personne capable de détourner la conversation de ma promotion vers les relations amoureuses avec autant d'aisance. C'est l'une des nombreuses raisons pour lesquelles je l'aime.

Je souris, la bouche pleine.

— On dirait ma mère.

Elle hausse les épaules.

— Tu ne rajeunis pas.

— C'est elle qui t'a dit de me dire ça ? je rétorque en buvant une gorgée. Tu sais que je ne cherche pas à sortir avec quelqu'un. Je veux me concentrer sur ma carrière.

— Ça ne veut pas dire que tu ne peux pas faire les deux. Tu as trente-cinq ans. Quelle personne de trente-cinq ans ne cherche pas à se caser ?

Je connais Becky depuis l'université. Nous étions colocataires en première année et sommes restées amies depuis. Alors que Becky a trouvé son propre mari à l'âge vénérable de 21 ans, le football a été mon seul centre d'intérêt. À son grand désarroi.

— Je suis désolée de te le dire, mais la plupart des hommes ne veulent pas sortir avec quelqu'un qui en sait plus qu'eux sur le football.

Elle agite une main.

— Ce n'est pas le genre d'hommes avec qui tu veux sortir.

J'attrape un autre nacho, j'en croque un morceau et je l'avale.

—Je suis sûre que tu as quelqu'un en tête pour moi !

— Qu'est-ce qui te fait dire ça ? demande-t-elle innocemment.

— Ne crois pas que je ne sais pas ce que tu essaies de faire.

— Est-ce que c'est vraiment si mal que ça d'avoir envie de faire des doubles dates avec ma meilleure amie et son copain ?

— Si tu essaies de me forcer, oui.

— Ce type n'aime même pas le football. Tu n'as pas à t'inquiéter pour son ego.

Ses paroles me font grimacer.

— Et pourquoi tu penses que quelqu'un qui n'aime pas le football serait bien pour moi ?

Je fais signe au serveur qui passe et commande un autre verre avant d'avaler le reste du mien. Je vais en avoir besoin pour passer cette soirée.

— Il est mignon, c'est notre comptable. Il aime les chiens.

— Je vais te donner un A pour l'effort, mais vraiment Becky, ça va.

Elle fixe des yeux bleus implacables sur moi.

— Ce n'est pas le football qui va te réchauffer la nuit.

Peut-être pas, mais un certain *linebacker* brun et tatoué, oui.

— C'est quoi cette tête ? demande Becky en faisant tournoyer un ongle parfaitement manucuré autour de mon visage.

— Quelle tête ?

Merde. Mes joues s'échauffent et j'attrape mon verre.

— Comme s'il y avait quelque chose que tu ne voulais pas que je sache.

Je bois une gorgée, mais ce n'est que de la glace qui s'agite dans mon verre.

— Il n'y a rien à dire. J'ai hâte que la saison commence.

Becky plisse les yeux et se rapproche de moi. Son regard scrutateur me tiraille la peau. Je n'aime pas être sous son regard attentif.

— Sérieux. Il y a quelque chose qui cloche. Tu es toujours contente quand la saison commence, alors je ne sais pas pourquoi tu rougis comme une écolière qui vient de voir son premier pénis, dit-elle avant que son regard ne s'illumine. Tu as enfin vu ton premier pénis ? Quel grand jour pour ma petite Francesca !

Je rejette la tête en arrière en riant.

— Putain, Becky. Tout le bar est à deux doigts de t'entendre là.

— Tu es entraîneuse de football. Je suppose que tu en as déjà vu dans les vestiaires.

Elle boit une gorgée de son verre comme si c'était la chose la plus normale au monde.

— Bien sûr que j'ai déjà vu un pénis, lui dis-je en chuchotant. Inutile de le faire savoir à tout le bar.

Elle me donne une tape sur le nez.

— Ce n'est pas grave si tu n'en as pas vu. Je pensais juste que tu reluquais tous tes footballeurs sexy toute la journée.

— Ce ne sont pas mes footballeurs sexy, dis-je en haussant les épaules. D'ailleurs, je ne passe pas tant de temps que ça dans les vestiaires. J'ai un bureau.

— Maintenant, je commence à me poser des questions sur toi. Il est clair que ta vie sexuelle a besoin d'être pimentée si tu rêves de footballeurs sous la douche.

Elle lève un sourcil en me regardant.

— Au moins l'une d'entre nous fait l'amour régulièrement, ajoute-t-elle. Et je sais laquelle c'est.

Il est difficile d'argumenter avec elle sans me trahir.

Car c'est la raison pour laquelle j'aime le début de la saison de football. Le football emplit mes journées, tous les jours. Ce n'est pas nouveau. C'est ce que j'aime le plus au monde.

Maintenant, en plus de la nouvelle saison qui apporte une nouvelle chance d'atteindre le Super Bowl, il y a autre chose.

Des nuits volées.

Des gestes cachés.

Des regards secrets.

Si quelqu'un le découvre, je peux oublier ma promotion. Je perdrais mon travail.

Chaque saison, je me dis que ce sera la dernière. On ne peut pas continuer comme ça. Je me dis que je laisserai Becky m'arranger un coup avec quelqu'un qui n'a pas le même âge que mon jeune frère.

Mais la chaleur grandissante en moi me rappelle pourquoi nous continuons à faire ça. Et même si nous pouvions arrêter, je ne le voudrais pas.

Parce que je ne peux pas résister à Knox Fisher.

Chapitre Quatre

KNOX

— Salut, Mamie.

— Knox, mon petit garçon. Je suis si contente de réussir à t'avoir au téléphone.

— Je décroche toujours pour toi.

— Comme tu es gentil. Écoute, je veux te parler de l'événement de la semaine prochaine.

Je fais les cent pas à l'extérieur du bar. Avec la saison qui démarre ce week-end, c'est l'heure de notre tradition annuelle. Une tradition que nous avons heureusement ramenée vers notre lieu de prédilection.

— Ne t'inquiète pas, j'ai l'intention d'être là.

— Je le sais. Mais je voulais juste savoir si tu voulais dîner avec moi après.

— Ça ne commence pas à dix-huit heures ?

— Tu insinues que je suis vieille en me disant que je ne peux pas dîner tard ?

Je ris.

— Bien sûr que non. Mais pourquoi ne pas le faire avant ? Il faut que je rentre à la maison parce que l'entraînement a lieu tôt le jeudi.

— *Avant*, souffle-t-elle. On croirait que c'est toi qui as quatre-vingt-sept ans. Est-ce que je dois t'apprendre à t'amuser, Knox ?

— Ça va, Mamie. Je te le promets. Tu sais à quel point la saison est éreintante.

Exténuante, oui. Dix-sept matchs dans une saison régulière, c'est beaucoup pour le corps.

Heureusement, j'ai ma propre source de soulagement.

— Très bien. Je suppose que je vais te laisser t'en tirer avec cette excuse.

— Écoute, je dois y aller. J'ai rendez-vous avec les gars.

— Passe-leur le bonjour de ma part. J'espère voir Colin la semaine prochaine.

— C'est bizarre de voir à quel point vous vous appréciez.

Elle pouffe.

— Je suis une personne très aimable, mon chéri.

— Je n'ai jamais dit le contraire, dis-je en riant.

— Très bien. Maintenant, va t'amuser et joue bien dimanche.

Je souris face à ses paroles. Quel que soit le niveau auquel je joue, elle me dit toujours cela. C'est un peu comme mon porte-bonheur avant chaque match.

— Oui. Bisous.

— Bisous.

— Knox ! crie Logan depuis un coin de la salle quand j'ouvre la porte en grand.

— Salut, mec !

Notre groupe est facile à repérer dans le bar. Quatre gars plus grands que la moyenne.

— Tu sais, je suis surpris que vous ayez voulu revenir au bar, déclare Logan.

Je me glisse sur le siège libre à côté de lui.

— On nous a tous dit de quitter la maison ce soir. Peyton voulait inviter Tenley pour une soirée entre filles, explique Jackson, assis en face de moi, son bourbon à la main.

Il est difficile de croire que la saison est enfin commencée. Le camp d'entraînement est passé comme un véritable tourbillon. La présaison s'est déroulée en un clin d'œil, la plupart des titulaires étant absents.

— C'est beaucoup plus agréable d'être confortablement installé chez moi, grommelle Colin.

— Oui, sortir en public doit être si difficile pour toi, dis-je en faisant signe au serveur et commande d'autres boissons pour la table. Tu es pire que ma grand-mère.

— Hé ! s'énerve Colin en me pointant du doigt. Ce n'est pas parce que j'aime rester à la maison que je suis comme Darlene.

— Elle sort plus que toi mec, maintenant, dis-je en riant. Notre serveur apparaît et dépose des verres pleins devant tout le monde.

— Il se passe plus de choses dans sa vie que dans la tienne, ajoute Logan.

Je serre les mâchoires, me demandant s'il serait bon pour l'équipe d'éliminer notre coureur de fond, désormais titulaire.

— Ooh, Knox a l'air de vouloir de tuer, dit Colin.

— Je retirerais ça si j'étais toi, lui chuchote Alex. Il a l'air en colère.

J'engloutis la moitié de mon verre.

— Peut-être que je vais me défouler sur lui à l'entraînement.

Logan devient pâle comme un fantôme.

— Je plaisantais.

— Pas moi.

— Passons sur la destruction de nos coéquipiers..., dit

Alex détournant la conversation du sujet qui nous occupe. Vous voulez savoir ce que j'ai à vous annoncer ?

Colin lui fait signe que non.

— Tu es casé et heureux en ménage, comme la plupart d'entre nous. Quelle autre nouvelle as-tu à annoncer ?

Alex prend un sourire bébête. Après l'année qu'il a passée, le fait que nous puissions plaisanter à ce sujet est fou. Je ne peux pas imaginer ce qu'il a enduré pendant toutes ces années. Maintenant, il est heureux et marié avec le fils de l'entraîneur.

— Qu'est-ce que Carter fait ce soir ? demande Colin. Il a refusé l'invitation de Peyton ?

Alex secoue la tête.

— C'est pour ça que c'est devenu une soirée entre filles. Il a son club de maths ce soir.

— Qui aurait cru que tu sortirais avec le fils de l'entraîneur ? dis-je.

— Que *j'épouserais*, me corrige-t-il. On aurait pu penser que ça m'éviterait de faire des tours de terrain, mais ça n'a pas été le cas.

— J'étais pas loin de vomir la semaine dernière. Je ne sais pas comment je n'y suis toujours pas habitué, dit Jackson en secouant la tête.

— Est-ce qu'on peut revenir à ma nouvelle, s'il vous plaît ? l'interrompt Alex.

— Désolé. Oh, cher capitaine, partagez les informations que vous semblez avoir envie de nous donner, plaisante Colin.

Alex lève les yeux au ciel, mais nous lui accordons tous toute notre attention.

— Peut-être que je ne vous dirai pas que Carter et moi avons entamé un parcours de gestation pour autrui.

— Prem's pour être le parrain ! s'écrie Colin avant même que je puisse comprendre ce qu'il vient de dire.

— Attends, c'est vrai ? je demande, en tendant la main pour faire taire Colin. Vous venez juste de vous marier.

Alex hoche la tête.

— Cela peut prendre au moins six mois pour trouver la bonne personne. Carter connaît quelqu'un au travail qui l'a fait et qui a quelqu'un, mais oui, nous ne voulons pas attendre.

— Jackson doit déteindre sur tout le monde, maintenant qu'il est papa, dit Logan.

— Je ne vais pas vous contredire, dit-il. Être père, c'est la meilleure chose qui soit. Sauf bien sûr quand il se cogne à des trucs et qu'il se met à pleurer.

— Aww, alors tu vas être un père pour Logan, dis-je en riant.

— Hé ! Va te faire foutre, je suis un adulte à part entière ! s'écrie Logan, s'attirant les regards des gens autour de nous.

— Et c'est pour ça que c'est mieux qu'on soit venus en banlieue dit Colin en secouant la tête. Personne ne veut nous jeter dehors parce que Logan ne sait pas se tenir, ici.

— Je suis plus adulte que toi, répond-il.

— J'espère que tes enfants se comporteront mieux que ces mecs, dit Jackson. On ne peut les emmener nulle part.

Alex sourit.

— Tant qu'ils sont en bonne santé, je suis heureux.

— Tu parles comme un vrai parent. Félicitations, mec, dis-je en entrechoquant mon verre avec le sien. Ça veut dire qu'on ouvre notre tradition à d'autres personnes ?

Jackson lève les yeux au ciel.

— J'ai amené Noah, une fois. N'abuse pas.

Je lève les mains pour me défendre.

— Je ne disais pas ça. Mais si tout le monde se met à faire des bébés, il est inévitable qu'il y ait des enfants à ces événements.

— Waffles ne cause pas autant d'ennuis, affirme Colin d'un ton détaché.

— C'est un chien, Colin, fait remarquer Alex. Tu l'as dressé pour qu'il se comporte bien.

— Ce n'est pas parce que Peyton et moi ne voulons pas d'enfants qu'il n'est pas comme mon fils. Je l'aime plus que n'importe lequel d'entre vous, espèce d'imbéciles. Il lève les yeux au ciel.

— Comment est-ce qu'on a pu autant nous éloigner du sujet ? demande Jackson. Je suis content pour toi, Alex. Il n'y a rien de mieux que d'être parent. Quand ils te regardent comme si tu avais décroché la lune...

— Moi aussi je suis content pour toi, Alex, lui dis-je. Tu le mérites bien.

Il écarquille les yeux.

— Je sais que le parcours sera long, mais je ne peux pas attendre. C'est tout ce que j'ai toujours voulu. Et le faire avec Carter en plus ? Ce sera un père formidable.

— Ce sera un événement familial avant même que tu t'en rendes compte, déclare Jackson. On doit juste trouver quelqu'un à Knox.

— Je suis un célibataire heureux.

Sauf que c'est la chose la plus éloignée de la vérité. Je ne peux pas être avec la seule personne avec qui je veux être. Si quelqu'un l'apprend, c'est la fin de la carrière de Frankie. Et moi ? Je me ferais probablement taper sur les doigts et c'est tout.

Frankie a de plus grandes aspirations que moi. Je ne sais pas ce que la vie après le football me réserve, mais je sais que je ne veux pas être entraîneur. Et le fait que ce que nous faisons puisse compromettre cela pour elle… ? C'est toujours là, dans un coin de ma tête.

Sauf que je ne pourrais jamais me passer d'elle.

De ses formes.

De son sourire.

De la façon dont elle m'en fait voir.

Je veux tout ça.

— Tu finiras par trouver quelqu'un, Knox, dit Logan, détournant mes pensées de Frankie.

— Bien sûr.

Je lui souris et je finis le reste de mon verre. La brûlure du bourbon m'aide à repousser la mélancolie de mes pensées. Je fais signe au serveur d'aller en chercher un autre.

— Si ce n'est pas le cas, je m'assurerai que Darlene s'en occupe, dit Colin en inclinant son verre dans ma direction.

— Tu n'as pas un toast à porter, Alex ? dis-je en ignorant le commentaire de Colin.

Le plus tôt j'arrête de penser à Frankie, le mieux c'est.

— Il y en a un qui n'aime pas être sur la sellette, dit malicieusement Jackson.

Alex le fait taire d'un signe de main.

— Je vais t'offrir une pause.

Je hoche la tête en remerciement.

— Et maintenant, le toast annuel.

On lève cinq verres au centre de la table. Notre attention est désormais portée sur Alex.

— Je ne vais pas mentir, l'année dernière ça a été difficile. Perdre contre San Diego comme nous l'avons fait n'a pas été une partie de plaisir. Je sais que c'est en grande partie à cause de moi. Je n'ai pas fait de mon mieux...

— Aucun d'entre nous n'a joué à son meilleur niveau, lui répond Jackson. J'ai raté un but facile qui aurait pu faire pencher la balance en notre faveur.

— Et si je n'avais pas raté ces prises, cela aurait été des *touchdowns* faciles, acquiesce Colin.

— Aucun d'entre nous n'a donné le meilleur de lui-même, Alex, lui dis-je. Ce n'était pas seulement toi. C'était chacun d'entre nous.

À ces paroles, son cou se met à rougir.

— Personne ici ne te laissera porter le chapeau, dit Logan.

Même s'il n'a pas beaucoup joué, il ne nous rejette pas la faute.

— On gagne en équipe, on perd en équipe.

— Quoi qu'il en soit, nous devons tirer un trait sur le passé. Même si nous avons tous détesté perdre contre San Diego, nous devons aller vers l'avant, continue Alex en regardant chacun d'entre nous, l'incrédulité se lisant sur nos visages. Je sais, je sais. Ils sont nuls, mais ce n'est pas comme si nous avions perdu contre Vegas. Si nous voulons donner le meilleur de nous-mêmes cette année, nous devons aller de l'avant.

— C'est plus facile à dire qu'à faire quand on joue contre eux deux fois par an, grommelle Jackson.

— On y arrivera, poursuit Alex, et nous allons jouer quelques-uns de nos meilleurs matchs cette année. Nous allons montrer au monde entier que les Mountain Lions ne sont pas seulement la meilleure équipe pendant la saison régulière, mais aussi pendant les éliminatoires. C'est notre heure. Faites taire ceux qui disent que nous ne sommes pas assez bons. C'est faux. Cette année, nous allons tout faire pour gagner. Nous allons aller jusqu'au bout. Je le sens.

Alex lève son verre plus haut.

— On gagne en équipe, on perd en équipe. Nous sommes une famille, et il n'y a qu'à vos côtés que j'ai envie de me battre.

Nous regardons tous autour de la table. Alex a raison. Ces dernières années, nous sommes tous devenus une famille. On ne peut pas vivre les choses que nous avons vécues sans devenir proches. Chacun de ces hommes est comme un frère pour moi. Des personnes pour lesquelles je me battrais contre le feu.

— À chacun d'entre vous. À nos coéquipiers. À tous nos entraîneurs. On donne tout sur le terrain. Cette saison, donnez tout ce que vous avez dans les tripes. J'assurerai vos arrières. Comme chacun d'entre vous le fait. Au Mountain Lions !

— Au Mountain Lions !

Chapitre Cinq

KNOX

— Comment se présente l'attaque de San Diego ? demande Alex en s'asseyant sur la chaise à côté de moi.

Je hausse les épaules. Nous sommes enfermés dans une salle de conférence d'un hôtel sans intérêt pour visionner des vidéos.

— Leur ligne offensive est faible. Ils ont échangé trop de talents. Si nous pouvons profiter des trous, la journée sera longue pour eux.

— Tu sais, dit Colin en pointant un doigt vers moi, levant les yeux de son propre iPad. T'as toujours l'air arrogant en disant ça quand tu essaies de faire croire que c'est leur problème.

— Je ne veux pas nous porter la poisse. Si on n'arrive pas à quelques pertes de ballons forcées, je vais être furieux.

— C'est plutôt ça, dit Jackson en entrant dans la pièce.

Il lance des bouteilles d'eau à chacun d'entre nous.

— Comment va Tenley ? demande Alex.

— Épuisée. Noah a de la fièvre et ne dort pas bien.

Jackson a l'air épuisé lui aussi. Je ne peux pas m'imaginer essayer d'être un parent avec nos déplacements.

— Tu es sûr que c'est ce que tu veux, Alex ? demande Colin. Des enfants malades et pas de sommeil ?

Il hoche la tête.

— Oui. Et cela pourrait arriver encore plus tôt que nous le pensions.

Je mets mon iPad sur la table et pose les jambes sur la longue table.

— Tout s'est bien passé avec la mère porteuse ?

— Ouais. Nous devrions pouvoir entamer le processus dans les prochaines semaines. Qui sait ? L'année prochaine, à la même époque, on aura peut-être un bébé.

Colin frappe ses phalanges sur la table :

— Tais toi, mec, ça va te porter la poisse !

Jackson secoue la tête en le regardant.

— On ne peut pas porter la poisse à un bébé. Il viendra quand il voudra et tu l'aimeras quand il viendra.

— Exactement, acquiesce Alex.

— Knox ! dit Frankie qui pointe le bout de son nez dans la salle de conférence. J'ai besoin de revoir avec toi quelques tactiques pour le match de demain. San Diego a fait quelques changements dans son équipe de départ et je veux être sûr que tu sois prêt.

Je lève les yeux au ciel.

— Qu'est-ce que tu crois qu'on est en train de faire là ? Qu'on se tresse les cheveux ?

Je ne manque pas de remarquer l'éclair d'amusement dans ses yeux.

— Super, ça ne te dérange pas de venir avec moi, alors.

Elle passe la porte avant que je n'aie le temps de répliquer.

— Quand est-ce que tu vas apprendre à ne pas énerver les entraîneurs ? gémit Alex. Surtout coach Rose.

— Elle m'en veut depuis le premier jour.

Nous en rions encore. Mais ce n'est pas quelque chose que je vais dire aux gars.

— Peut-être que si tu lui montrais le même respect qu'aux autres entraîneurs, tu n'aurais pas autant de sprints supplémentaires à faire, dit Jackson en frémissant. Je ne sais pas comment tu peux en faire autant sans vomir.

Je lui donne une tape sur l'épaule en quittant la pièce.

— C'est parce que je *dois* en faire autant, voilà pourquoi. Maintenant, si tu veux bien m'excuser, j'ai un peu d'entraînement à faire.

Sans jeter un regard en arrière, je sors de la pièce en direction de l'ascenseur. Le couvre-feu étant proche, les couloirs sont vides de joueurs lorsque j'entre dans la cabine d'ascenseur à miroir et que j'appuie sur le bouton menant à l'étage de Frankie. Du jazz s'échappe des haut-parleurs lorsque les portes s'ouvrent. Je m'empresse de réduire la distance qui me sépare de sa porte.

Après avoir vérifié que la voie est libre, je frappe à sa porte. Elle s'ouvre à demi et je me glisse à l'intérieur.

— Tu sais que tu n'es pas obligé de te comporter comme un con avec moi, n'est-ce pas ? dit Frankie avant que mes lèvres ne se plaquent contre les siennes.

Cette façon que nous avons de lutter pour contrôler nos baisers m'excite toujours. Aucun de nous n'aime perdre le contrôle.

C'est ce qui fait que le sexe est si bon.

Et putain, ça fait bien trop longtemps que je n'ai pas été avec elle. Cette femme me rend fou.

La plupart des hommes attendent l'intersaison avec impatience.

Pas moi.

Frankie a mis en place des règles strictes quand on a commencé ce truc. Elle a dit qu'il n'y avait aucune raison pour que nous soyons ensemble pendant l'intersaison et qu'on ne pourrait pas l'expliquer si on nous voyait ensemble. Avec son poste, il y a plus d'enjeux.

Je comprends. Mais dernièrement, ce n'était pas assez.

Je veux davantage qu'une simple relation avec elle pendant la saison. Une nuit par-ci par-là. Je ne sais pas si je ne pourrai jamais passer assez de temps avec elle.

Je la soulève dans mes bras et entre dans la chambre. C'est la même que toutes les autres chambres d'hôtel où nous sommes allés ensemble. Des rideaux, un couvre-lit terne et une photo de la ville au-dessus du lit.

J'enfonce ma main dans ses cheveux et je l'embrasse avec fougue. Chaque mouvement de sa langue contre la mienne fait durcir mon sexe dans mon survêt'.

Putain. J'adore ce que cette femme me fait. Elle m'excite en un rien de temps.

Ses lèvres sont gonflées quand je m'écarte.

— Si j'étais trop gentil, ils penseraient qu'il se passe quelque chose.

Le sourire qui étire ses lèvres est presque menaçant.

— Ce serait mal si je disais que j'aime ça ?

Je la laisse tomber sur le lit et je la regarde rebondir vers le centre du matelas. Je me presse sur elle, la laissant sentir chaque centimètre de mon érection.

— Tu prends ton pied avec ça, tu dirais ? Je fais glisser mon nez le long de son cou, inhalant son doux parfum.

Frankie est une énigme.

Ferme et douce à la fois.

Athlétique, mais féminine.

Une femme dans un vieux club de garçons.

Elle fait en sorte que ça marche.

— Tu sais bien que oui, Knox.

Elle me prend la joue, rapproche mon visage du sien et m'embrasse à nouveau.

Cette fois, je la laisse prendre le contrôle, nous faisant basculer pour qu'elle soit sur moi. Je me balance contre elle et elle se déplace au-dessus.

Mon Dieu, cela fait si longtemps que je pourrais exploser tout de suite.

Des mains douces parcourent mon torse, se glissant sous l'ourlet de mon t-shirt. Des doigts délicats glissent sur les contours durs de mes abdominaux.

— Quelqu'un s'est entraîné pendant l'intersaison, poursuit-elle.

Les pupilles de Frankie s'agrandissent tandis qu'elle s'assied sur moi. En me soulevant du lit, je fais passer le t-shirt par-dessus ma tête et je fais jouer mes abdominaux sans vergogne.

— Il faut que je puisse suivre les nouveaux.

Frankie me détaille du regard.

— Et tu as de nouveaux tatouages, à ce que je vois.

Ses doigts tracent le dernier dessin sur mon pectoral gauche. J'aime qu'elle remarque ce genre de choses. En descendant, sa langue effleure l'homme de Vitruve.

— Putain, Frankie.

Je sens qu'elle sourit contre moi.

— Tu aimes ça ?

— Tu sais bien que oui.

Les douces mèches de ses cheveux s'étalent sur l'oreiller. C'est un ange, cette fille.

Je n'en aurai jamais assez de la regarder. Des yeux marron profond dans lesquels je suis le seul à pouvoir lire. Un sourire qui ne montre pas ses vrais sentiments quand elle est sur le terrain.

Comment est-ce que je peux être le petit veinard qui a la chance de la voir comme ça ?

Mes mains attrapent sa chemise et la lui enlèvent. Sa poitrine est rougie, ses seins se soulèvent, je baisse son soutien-gorge et je prends un mamelon dur comme un diamant dans ma bouche.

— Hmm. Ta bouche m'a manqué.

— Tu m'étonnes.

J'effleure son mamelon avec ma langue. Je savoure, j'aspire, je prends mon temps, parce que je me fous de savoir si le couvre-feu est proche.

Je veux Frankie.

Elle me donne une tape sur les fesses.

— Je me demande bien pourquoi.

— Je peux te donner quelques raisons si tu as besoin qu'on te les rappelle.

Je l'embrasse le long de son ventre doux, faisant glisser mes doigts dans le sillage. Elle change de position, tandis que je tire la ceinture de son short vers le bas et jusqu'à ses chevilles.

— Et j'ai manqué à ce qu'il y a entre tes cuisses aussi ? dis-je en passant un doigt sur la tache humide de sa culotte.

Putain. J'adore lui faire ça.

— Tu me demandes vraiment ça ?

Je souris en écartant ses jambes.

— Non, je ne te demande pas.

— Je ne sais pas comment je te supporte.

Frankie passe un bras sur ses yeux.

— Je pense que tu sais pourquoi.

Je fais glisser ma langue sur le tissu de sa culotte. Elle gigote de plus belle.

— Si tu ne me donnais pas de si bons orgasmes...

C'est plus que ça, mais pour l'instant, je m'en fiche. Parce que je suis prêt à lui donner un putain d'orgasme.

Ça fait trop longtemps. Tellement longtemps que j'ai presque oublié à quoi elle ressemble quand elle jouit.

Presque.

— Juste bons ? Tss-tss, Frankie. Il est temps d'améliorer mon jeu.

— Ce n'est pas un défi.

Je détaille son corps et remarque que ses yeux sont rivés sur les miens.

— Oh, je crois que si.

Je rampe le long de son corps, jusqu'à ses lèvres que j'embrasse passionnément.

Elle mordille et suce ma lèvre inférieure, ce qui me fait pousser un grognement. Mes mains réapprennent les courbes de son corps qui m'ont tant manqué pendant l'intersaison, tandis que les siennes descendent le long de mon dos et s'enfoncent dans mon pantalon.

Chaque pression de ses mains me plaque plus fort contre elle. Le désir est palpable entre nous, comme une chose vivante, qui respire.

— J'ai envie de te sentir en moi, Knox, dit-elle d'une voix pleine d'envie.

— Pas encore.

Je me lève et me déshabille. Mon membre est dur et je le caresse lentement. Frankie a l'air carrément débraillée avec un sein qui sort de son soutien-gorge et sa culotte encore en place.

— Alors pourquoi tu restes là ? dit Frankie en passant la main derrière elle, enlevant son soutien-gorge pour me le jeter à la figure.

Je m'approche un peu et j'appuie un genou sur le lit. Elle tend une main pour couvrir la mienne, tandis que ma main libre l'explore de son côté.

Elle se met à me caresser pendant que j'enfonce un doigt en elle.

— Mon Dieu, que c'est bon. La main de Frankie hésite tandis que mon doigt entre et sort de son sexe.

— Je peux te dire la même chose.

Je fais quelque va-et-vient et une goutte annonciatrice s'échappe de mon membre.

— Hmm.

Frankie ferme les yeux, rejette la tête en arrière quand ses mouvements commencent à faiblir. Elle se rapproche de l'orgasme, son sexe palpite autour de mon doigt.

— Est-ce que tu vas jouir pour moi ?

Je me penche sur elle, nos lèvres se touchent, mais on ne s'embrasse pas.

— Oui.

Je m'arrête, retirant mon doigt presque complètement. Je lui passe une main dans les cheveux et fais basculer sa tête en arrière. Elle écarquille ses yeux marron sous la surprise.

— Laisse-moi t'entendre me le demander gentiment.

Elle se mord la lèvre, et me jette un regard timide.

Putain, qu'est-ce que c'est sexy.

— S'il te plaît, Knox ?

— S'il te plaît quoi ? J'enfonce mon doigt un peu plus à l'intérieur.

Frankie presse mon sexe. Putain, elle est douée.

— S'il te plaît, fais-moi jouir.

Elle lève ses yeux bordés de cils épais.

— Tes souhaits sont des ordres.

Je prends ses lèvres en un baiser brûlant et j'enfonce deux doigts en elle. J'aspire chacun de ses souffles. Mon pouce trouve son clitoris. Au premier effleurement, elle commence à se contracter autour de mon doigt.

— Oui ! crie-t-elle en lâchant mes lèvres d'un coup. Oh, mon Dieu, oui !

Ses cris résonnent dans la pièce silencieuse tandis que mes doigts entrent et sortent en elle, alors qu'elle redescend de son extase. Elle m'a suffisamment relâché pour que je m'écarte.

Frankie a l'air d'avoir perdu la tête, la peau rougie par le plaisir, le sexe encore humide de son orgasme.

— Tu es la femme la plus sexy de la planète, tu le sais, ça ?

Je recouvre son corps du mien, entrelaçant nos doigts tout en l'embrassant. Je ne lui laisse pas beaucoup de temps pour se remettre, faisant glisser mon membre moite à travers ses plis humides.

— Pourquoi tu ne me le prouves pas ? Les lèvres de Frankie descendent le long de mon cou, suçant mon pouls qui bat dans ma nuque.

— Tes tests sont négatifs ? je lui demande.

Elle hoche la tête.

— Et toi ?

— Négatif. Tu prends la pilule ?

— Toujours.

M'alignant contre son corps, je m'enfonce en elle.

Oh, putaiiin.

Il n'y a rien de mieux que d'être en elle sans préservatif. Nous n'en utilisons plus depuis longtemps. Il n'y a que Frankie depuis longtemps. Personne d'autre n'est comparable à elle.

— J'oublie parfois à quel point tu es large, murmure Frankie, plutôt pour elle-même.

Je souris. Elle s'étire autour de moi et je m'enfonce en elle.

— Putain, c'est si bon d'être en toi.

J'embrasse son épaule. Son cou. Sa mâchoire. Tout ce que je peux trouver pour la laisser s'adapter à moi. Ça me donne un moment pour me calmer. Je ne veux pas exploser à la minute où je suis en elle après tous ces mois d'attente.

— Tu es prête ? je lui murmure à l'oreille.

En se déhanchant, elle me prend encore plus profondément.

— Oui.

— Alors, attends.

Je la regarde dans les yeux, je retire mon membre et l'enfonce à nouveau. Je donne quelques coups de reins réguliers avant de hisser l'une de ses jambes sur ma hanche pour qu'elle s'y accroche.

— Juste là.

Les mots de Frankie sont étouffés alors que son corps bouge en même temps que le mien. Elle me rejoint, poussée après poussée. Ses ongles s'enfoncent dans mon dos, faisant monter mon plaisir d'un cran.

— Il faut que tu jouisses, dis-je les dents serrées.

Putain, je suis si proche. Je ne veux pas jouir avant elle.

Ses yeux, brillants de désir, se tournent vers moi.

— Est-ce que j'ai besoin d'une permission ?

— Putain, Frankie. Si tu ne jouis pas tout de suite, je vais perdre la tête.

Enroulant ses bras autour de moi, elle m'attire complètement sur elle. Ses mamelons frôlent ma poitrine, ce qui me pousse encore plus près du bord.

Je passe la main entre nous et trouve son clitoris. En quelques caresses elle se contracte autour de mon membre et commence à jouir à nouveau.

Enfin, putain.

Je capte chaque gémissement en donnant d'autres coups de reins. La sueur coule le long de mon dos alors que j'entre à nouveau en elle, et que je jouis à son contact.

— Putain.

Je rejette la tête en arrière, les muscles de mon cou se tendent tandis que j'éjacule en elle. Ses jambes me retiennent alors que je m'effondre sur elle.

— J'avais oublié à quel point c'était bon, dit Frankie en faisant glisser un doigt le long de ma colonne vertébrale.

— C'est toi qui me le dis.

J'embrasse sa poitrine, sans prendre la peine de bouger. Je ne veux pas encore quitter sa chaleur.

C'est l'une des raisons pour lesquelles j'attends avec impatience la saison de football. Ne vous méprenez pas, j'adore ce sport. J'adore démanteler les attaques adverses et sceller un match durement gagné par notre équipe.

Mais être avec Frankie ?

Putain, elle est ce qu'il y a de mieux dans le football.

Et j'emporterai notre secret dans la tombe.

Chapitre Six

KNOX

La musique vibre en moi alors que j'entre dans le vestiaire, avec les garçons autour de moi. Je suis en pleine forme. J'ai travaillé dur. Non seulement dans la salle d'entraînement, mais aussi en étudiant des vidéos. Pour ma septième année dans le championnat, j'ai quelque chose à prouver.

L'année dernière a été difficile. Nous avons perdu contre San Diego en match de championnat. Tout le monde s'en est voulu, mais je n'ai pas joué à mon meilleur niveau. J'ai raté des tirs et j'ai commis des fautes stupides qui n'ont pas aidé.

J'ai faim de victoire.

Être passé si près, avoir le Super Bowl à portée de main et ne pas y arriver ? C'est le pire des échecs.

Et je ne veux pas répéter ça.

Le vestiaire est déjà plein d'énergie lorsque j'entre. Des gars dansent sur une musique que je n'entends pas, tandis que je me dirige vers mon casier.

J'ai le noir et jaune de mon maillot sous les yeux. Ça me fait sourire. J'aime voir mon nom dans le dos. En le sortant du sac, je parcours des doigts l'écusson de capitaine sur le devant. C'est une responsabilité que je n'ai jamais prise à la légère.

Jackson me donne une tape dans le dos. Je retire mes écouteurs.

— Prêt, Knoxy ?

Je lui souris.

— Tu sais bien que oui.

— Bon Dieu ! Je n'aimerais pas être le *quaterback* de San Diego et me retrouver en face d'un Flatline[1] Fisher.

— Il n'y aura rien de tout ça aujourd'hui. Juste de bons coups, réguliers.

Je détestais le surnom qui m'avait été donné après mon premier choc frontal en tant que débutant. Bien sûr, c'était une percussion dans les règles, mais elle n'avait pas été jolie à voir. Et c'est de là que le surnom était parti.

— Ça ne va pas être une promenade de santé aujourd'hui, dit Alex en déposant son sac dans le casier à côté du mien. San Diego va vouloir commencer l'année par une victoire après avoir perdu le Super Bowl. Ils ont encore plus à prouver. Ils ont toujours une bonne équipe avec une bonne ligne de défense.

— Détends-toi, on ne fait que s'amuser, dit Jackson en riant.

— Merde. Si Jackson te dit de te détendre, c'est que quelque chose ne va pas, dit Colin en entourant Alex et moi de ses bras.

— Je ne sais pas vous, mais moi je veux commencer la saison en force. Surtout après la façon dont nous avons terminé l'année dernière.

Logan surgit à côté de nous.

---

1. Référence à la zone du terrain qui s'étend de dix yards dans le champ défensif à partir de la ligne de mêlée.

— Ça veut juste dire que ce n'était pas notre heure.

— C'est très zen de ta part, le nouveau, dit Colin en faisant glisser sa cravate sur sa tête, quittant son costume d'avant-match pour enfiler sa tenue d'entraînement. Quand est-ce que tu as pris cette décision ?

— Crois-moi, ça n'a pas été facile. Faire une fixation là-dessus n'aide en rien.

— OK, sérieux, tout ce que tu dégages me fait flipper, dit Colin en l'attrapant et en lui ébouriffant les cheveux. Qui es-tu et qu'as-tu fait de Logan Winchester ?

Logan le repousse en haussant les épaules.

— Mon grand-père ne voulait pas que je reste assis à être triste. Et puis il m'a mis au travail.

Je ris.

— C'est une façon de faire. J'ai beaucoup joué au loto avec ma grand-mère.

— Pas tant que ça au loto, me corrige Colin.

Je lève les yeux au ciel en déboutonnant ma veste de costume et je la suspends. Je me déshabille et enfile ma tenue d'entraînement.

— Non, parce que le loto était considéré comme trop dangereux. Colin n'a certainement pas arrangé la situation.

Il me regarde d'un air contrarié.

— Moi ? Ce n'est pas moi qui jetais les jetons de loto ! J'en ai pris un dans l'œil à cause de ça !

— Parce que tu leur as dit qu'elles trichaient !

Colin me suit et nous nous dirigeons vers le terrain.

C'est le jour idéal pour jouer au football. Il fait chaud, il y a du soleil et les tribunes commencent à se remplir. Lorsque le coup d'envoi sera donné, elles seront en ébullition.

— Peut-être un peu moins de bavardage, les gars, et un

peu plus d'échauffement ? dit Frankie, déjà sur le terrain avec quelques joueurs.

— Bien sûr, Coach.

Je cache mon sourire en la voyant aider les autres gars.

Putain, j'adore quand la saison de foot démarre. Pas seulement à cause du jeu, mais à cause de Frankie.

Être avec elle est devenu rapidement une addiction. Je ne sais pas quand le déclic s'est produit, mais Frankie est la seule femme qui puisse satisfaire la bête qui grandit en moi.

J'ai vu tous mes frères d'armes se mettre en couple. Ils se sont transformés en idiots, s'extasiant sans cesse sur les partenaires de leur vie.

Pas moi.

Ces dernières années, ma vie sentimentale a été un sujet de moquerie de leur part. Non pas que cela me dérangeait. J'avais Frankie.

Même si elle n'est pas censée être à moi.

Je fais mon échauffement standard, je m'étire et je fais le tour du terrain en courant. Je fais un peu plus d'efforts, sachant que les yeux de Frankie sont braqués sur moi. J'ai toujours voulu mieux jouer pour elle.

Je signe des autographes pour les enfants qui attendent le long du tunnel et je retourne à l'intérieur.

Plus le coup d'envoi approche, plus l'adrénaline commence à monter.

Je vis pour cette sensation. Il n'y a rien de mieux que de courir sur le terrain avec la foule qui scande votre nom.

— Très bien, tout le monde, c'est le moment.

La voix de l'entraîneur me ramène à la réalité. Il se tient au milieu du vestiaire. Des yeux impatients le regardent.

— C'est le début d'une nouvelle saison. La saison dernière ne s'est pas terminée comme nous le souhaitions, mais je ne veux pas me focaliser là-dessus. Je veux seulement qu'on aille vers l'avant.

Alex et moi nous nous tournons l'un vers l'autre. On porte tous les deux cet échec sur nos épaules davantage que la plupart d'entre nous. Je sais que l'entraîneur s'adresse directement à nous avec ces paroles.

— Un match après l'autre. Focalisez-vous sur votre jeu. C'est tout ce que vous pouvez faire. Et n'oubliez pas ce qui compte le plus. Nous sommes une famille. Laissez tomber les bruits parasites. Les experts vont spéculer. Laissez-les faire. Soutenez les hommes qui sont à vos côtés, nous aurons ce qu'il faut pour aller loin.

L'entraîneur me regarde et me fait un signe de tête.

— Très bien, les gars ! dis-je alors que ma voix résonne dans le vestiaire silencieux. Vous avez entendu ce que l'entraîneur a dit. Nous sommes une famille. Battez-vous pour le gars qui est à côté de vous. Jouez votre jeu et nous irons loin.

Je m'avance au centre du vestiaire et lève le poing tandis que tout le monde se rassemble autour de moi.

— Famille à trois. Un, deux, trois...

— Famille ! crient les gars autour de moi alors qu'ils commencent à sortir des vestiaires.

Le speaker prépare la foule tandis que les pom-pom girls entrent sur le terrain, prêtes à accueillir l'équipe.

Nous suivons les traditions d'avant-match. On chante l'hymne national avant de nous rendre au milieu du terrain pour le tirage au sort. Nous gagnons et passons à la deuxième mi-temps.

— Une belle journée pour du football, les gars, dit Frankie qui rassemble la défense autour d'elle au moment du coup d'envoi. Frappez-les fort, frappez-les proprement !

Nous la saluons tous d'un signe de tête alors que nous nous dirigeons vers le terrain.

— Vous avez entendu ce qu'a dit le coach Rose. Un bon et joli départ. Ne les laissez pas marquer un premier essai.

San Diego annonce la reprise du match – un *run*[2]. Le running back n'a pas fait deux yards qu'il se fait plaquer. Ils reprennent le même jeu sur le deuxième essai et n'avancent pas beaucoup.

Cette fois, leur QB s'aligne dans la poche[3]. Je surveille le gardien qui se concentre sur les défenseurs, ce qui me permet de le dépasser après que la balle a été lancée et de frapper solidement le quarterback.

Perte de sept yards. Quatrième essai.

Le meilleur début de match qu'on aurait pu espérer.

Frankie attend sur le côté alors que la défense sort du terrain.

— Bon boulot, Fisher. Continue comme ça.

Je hoche la tête, en buvant une gorgée d'eau. Je cache le sourire que j'aimerais lui faire pour ses encouragements.

— Merci, Coach.

L'équipe entière garde le rythme pendant tout le match, battant San Diego 34 à 17.

Un parfait début de saison.

---

2. Le run est une action offensive durant laquelle le QB va faire une passe au running back qui va essayer de porter le ballon le plus loin possible en courant à travers la défense.
3. La poche ou poche de protection est un terme utilisé pour décrire la zone créée par la ligne offensive qui forme un ou plusieurs murs de protection autour du quarterback afin de le protéger.

Chapitre Sept

FRANKIE

Calme-toi, Frankie. Pas la peine d'être nerveuse.

Cela n'arrange rien. Mes nerfs prennent le dessus. Lorsque l'équipe a reçu l'invitation pour l'événement d'aujourd'hui à la maison de retraite de la grand-mère de Knox, je n'ai pas pu refuser.

Je n'ai pas l'occasion de voir Knox en dehors du football. Jamais.

C'est risqué de venir ici ce soir ? Oui. Mais comme toute l'équipe est invitée, personne ne devrait s'en douter.

En tournant dans un autre couloir, je tombe sur un autre cul-de-sac.

— Vous avez l'air perdu. Puis-je vous aider ? me dit une femme d'un certain âge alors que je rebrousse chemin.

— Je suis désolée. On m'a dit que la salle communautaire était par là. Je cherche les Mountain Lions.

Son visage s'illumine.

— Aah, oui. C'est merveilleux qu'ils viennent ici, dit-elle avant de me montrer la direction et de marcher à côté de moi. Vous faites partie de l'équipe ?

Je hoche la tête.

— Je suis entraîneuse adjointe.

— Ah.

La surprise que je lis dans ses yeux est quelque chose que je ne connais que trop bien. Ça me vexe quand même.

— Je ne crois pas avoir déjà rencontré une femme entraîneuse.

J'affiche un faux sourire.

— Eh bien, vous devez être douée si vous êtes avec les Mountain Lions ! continue-t-elle. Tout le monde est là-bas, dit-elle avec un sourire hésitant avant de me laisser.

La salle communautaire est bruyante. Les voix retentissent sur le plancher en bois. Les portes du côté de la salle qui donne sur les montagnes sont ouvertes pour laisser entrer l'air, en ce début d'après-midi. Les gens crient pour se faire entendre alors que plusieurs membres de l'équipe sont répartis dans la pièce.

Je m'aventure dans la salle en souriant aux groupes de personnes qui s'agglutinent autour des tables.

— Frankie. Qu'est-ce que tu fais là ?

La voix de Knox m'arrête net. La femme à côté de Knox lui donne une tape sur le torse. Son visage est ridé, mais son sourire est éclatant. Ses yeux sont de la même couleur que ceux de Knox.

— Je t'ai mieux élevé que ça, dit celle-ci en détournant son regard sévère pour m'observer. Ne faites pas attention à mon petit-fils, s'il vous plaît. Je suis Darlene. Je suis heureuse que vous ayez pu vous joindre à nous.

Je détourne mon regard de Knox. Avec son t-shirt noir moulant qui laisse voir ses bras épais et ses tatouages, il est difficile de ne pas lui prêter attention.

— Merci, dis-je à Darlene. J'ai entendu d'autres entraîneurs évoquer le fait de venir, alors je me suis dit que j'allais le faire aussi.

Darlene passe un bras autour du mien.

— Vous êtes l'un des entraîneurs de Knox ?

J'acquiesce.

— Entraîneuse adjointe.

— Ça n'a pas d'importance, ma chère.

Son visage s'illumine tandis qu'elle m'entraîne vers la table dans le coin.

— Venez vous joindre à nous, ajoute-t-elle.

— On joue à quoi ?

— Aux dominos.

Elle dit cela comme si c'était le pire des jeux.

— Vous n'aimez pas les dominos ? je lui demande en lui prenant la boîte des mains.

— Dis-lui pourquoi on ne peut pas jouer au loto, grand-mère, dit Knox en retournant les dominos et en effleurant mes doigts au passage.

J'ai les nerfs à fleur de peau. Le moindre de ses gestes a le pouvoir de me liquéfier.

— Ce n'est pas de ma faute si cette fouineuse de Nellie ne peut pas gagner sans tricher, souffle Darlene.

— Elle ne trichait pas si elle ne pouvait pas voir le plateau, dit Colin pour prendre la défense de Nellie en s'asseyant à côté de moi.

— Elle le voyait assez pour le renverser.

— Est-ce que j'ai besoin de protections de football pour jouer aux dominos ? je demande en m'adossant à ma chaise.

Colin me jette un regard méfiant qui m'oblige à remuer sur mon siège. Je sais que Knox n'a parlé à aucun des gars de ce que nous faisons, mais son regard inquisiteur me met mal à l'aise.

— Avec ce groupe, c'est possible, dit Knox en s'adossant à son tour, tout en faisant onduler ses muscles.

C'est comme s'il savait que ça me rendait folle et que je ne pouvais rien y faire.

— Colin s'est pris des jetons de loto dans l'œil, explique Knox.

— Ça m'a fait mal un mal de chien, dit-il en montrant Knox du doigt.

— Si tu ne fais pas attention, Knox Henry, je vais te jeter ça dessus. Je ne pense pas que ton entraîneuse serait très contente si tu ne pouvais pas jouer dimanche.

Colin éclate de rire à côté de moi, tandis que j'essaie de cacher mon sourire. Knox s'affaisse sur sa chaise comme un gamin maussade qui vient d'être puni.

— Darlene, si tu ne fais pas attention, tu pourrais bien faire concurrence à Peyton, dit Colin en lui faisant un clin d'œil.

Darlene le regarde en battant des cils.

— Oh chéri, tu fais la cour à une vieille dame, maintenant ?

— Pour l'amour de Dieu, arrêtez, gémit Knox.

— Quoi ? dit Colin en lui donnant un coup de coude. Tu ne veux pas m'appeler grand-père ?

— Frankie, tu me mettrais sur la touche dimanche si je frappais Colin, là ? dit-il en agitant un pouce en direction de ce dernier.

— Je pense que je laisserais passer ça pour cette fois. On ne peut pas perdre notre arrière titulaire avant le match le plus difficile de la saison.

— Et on peut se permettre de perdre notre meilleur receveur ? dit Colin, l'air vexé.

— On a des receveurs à la pelle, affirme Knox.

Ses yeux ne quittent pas les miens. Personne d'autre ne remarquerait la lueur d'espièglerie qui s'y trouve, mais moi, oui.

Je lis en lui comme un livre ouvert. Il cache difficilement ses émotions.

— Darlene, tu vas les laisser me parler comme ça ?

— Oh, va te faire foutre, Colin. Joue ton domino, lui dit Knox en agitant la main.

Colin lui fait un doigt d'honneur et pose un domino.

— Désolée de te ramener à la réalité, mon cher, mais tu n'es pas celui que je ramènerais à la maison, dit Darlene en posant un domino à son tour.

— Ah oui ? Et qui ramènerais-tu à la maison ? demande Colin en se penchant en avant et en regardant Darlene comme si elle détenait le potin le plus croustillant. Ne me dis pas que c'est un autre joueur de football.

— Oh non. Le monde ne tourne pas autour du football, même si vous aimez tous les trois le croire, dit-elle en tapant sur le bras de Knox. Harry Connick Jr ! C'est cette voix qu'il a qui me fait de l'effet. Hmm, hmm.

— Je pensais que tu n'en avais que pour Nicolas Cage ? dit Knox en posant son domino sur le plateau.

— Nicolas Cage ? Oh, je t'en prie, dit-elle en secouant la tête et en fronçant les sourcils. J'ai meilleur goût que ça.

Knox jette un autre domino d'un air confus.

— Qu'est-ce que tu as contre lui, grand-mère ?

— As-tu déjà prêté attention aux films dans lesquels il joue ? Il est épouvantable. Merci, au suivant, dit-elle en le repoussant d'un geste de la main avant de jouer.

Knox se passe une main dans les cheveux avant de tourner sa colère vers Colin.

— C'est ta faute.

— Quoi ? Il lève les mains pour se défendre. C'est pas moi qui lui ai demandé.

Knox lui donne une tape sur la tête.

— Si, c'est toi qui lui as demandé et c'est de ta faute !

Darlene se tourne vers moi pendant qu'ils continuent à se disputer.

— Est-ce qu'ils sont toujours comme ça à l'entraînement ?

— La plupart du temps, mais ils sont loin sur le terrain, donc on n'entend rien.

— Depuis combien de temps vous vous entraînez, ma chère ?

— Treize ans.

— Waouh ! C'est une sacrée carrière. Le petit Knox devait être un bébé quand vous avez commencé.

— Pas tout à fait, dis-je en riant, un peu gênée.

C'est une chose à laquelle je pense tout le temps. Une chose que je garde à l'esprit chaque fois que nous sommes ensemble.

Knox était au lycée quand j'ai commencé ma carrière d'entraîneur. Il n'avait même pas l'âge légal pour boire lorsqu'il a rejoint la ligue, ayant été recruté à vingt ans.

Pourquoi ne puis-je pas trouver un mec bien, de mon âge ?

— Eh bien, vous méritez une médaille pour supporter toute cette testostérone, dit Darlene en serrant mon bras. Je ne sais pas comment vous faites avec tous ces hommes.

Son commentaire fait dérailler mes pensées égarées.

— Et moi qui pensais que vous aimeriez ça.

— Trop d'hommes, c'est autre chose.

— Mais de quoi vous parlez toutes les deux ? m'interrompt Knox.

— De travailler avec autant d'hommes.

Je pose mon coude sur la table, me penchant vers Knox. J'adore la facilité avec laquelle il taquine sa grand-mère. L'amour entre eux deux est évident. Mes propres grands-parents me manquent.

— Si tu dis un mot pour l'encourager… dit Knox en me lançant un regard noir.

Je me rapproche de lui et lui adresse mon sourire le plus taquin.

— Tu feras quoi ? Ce n'est pas comme si tu pouvais me mettre sur la touche.

Darlene glousse à côté de moi.

— Vous êtes délicieuse, chérie. J'aimerais pouvoir en dire autant de mon petit-fils. Il est aussi intéressant qu'une pomme de terre trop cuite.

— Ouais, arrête d'être une patate, Knox, dit Colin hilare.

Knox se cogne la tête contre la table.

— Je vous déteste tous.

— Allez, allez, dit sa grand-mère en lui tapotant le dos. Joue le domino que je vois que tu as, pour que je puisse gagner le jeu et battre la vieille Nellie là-bas.

À ces mots, Knox s'enflamme.

— Tu as triché pendant tout ce temps, mamie ?

Elle prend un air contrarié face à cette accusation.

— Pourquoi aurais-je triché ? Ce n'est pas de ma faute si j'ai pu voir ton jeu tout le temps, rétorque Darlene avant de se pencher vers moi. Il n'a jamais été très doué pour les jeux quand il était petit.

— C'est pour ça que les jeux sont interdits ici. Les gens trichent et se mettent en colère.

— Comment ça se passe ici ? dit Peyton en s'approchant avant que Darlene n'ait le temps de répliquer à Knox.

— Tout va bien, grommelle-t-il.

— La patate là-bas n'est pas contente parce que Darlene triche, dit Colin en levant les yeux vers Peyton.

— J'ai raté quelque chose ? Peyton sourit à Colin comme s'il était la seule personne au monde.

— Knox est grincheux. Rien de nouveau, explique Darlene avant de laisser tomber ses dominos sur la table et de se lever. Je crois que je vais aller jouer avec les filles. Le pauvre Knox est tout contrarié parce qu'il a perdu.

— Mamie, gémit-il.

Elle se penche et l'embrasse sur la joue.

— Je t'aime, mon petit garçon. N'oublie pas d'écouter Frankie. Je ne veux pas entendre que tu donnes du fil à retordre à tes entraîneurs.

— On n'est pas chez les poussins. Comment pourrais-tu en entendre parler ? répond-il en lui lançant un regard perdu.

— Frankie peut revenir quand elle veut.

— J'adorerais revenir, Darlene. Peut-être que vous pourriez m'apprendre à faire en sorte que Knox écoute mieux à l'entraînement.

— Oh, oh, bien envoyé ! dit Colin en riant.

— Bon, OK, laissons-les une minute, dit Peyton qui fait lever Colin de sa chaise. C'était merveilleux de vous revoir, Darlene. Vous pensez pouvoir organiser une autre collecte de fonds dans quelques semaines ?

— Dites-moi seulement quand.

Colin se penche vers elle et lui fait une bise sur la joue.

— À la prochaine, Darlene.

— Et toi, continue à attraper ces passes. Je veux un Super Bowl, dit-elle en pointant Colin du doigt pour s'assurer qu'il entend bien ce qu'elle dit.

— Je ferai de mon mieux. Je ne veux pas décevoir ma plus grande fan.

— T'as pas intérêt.

Peyton et Colin se donnent la main et se dirigent ensemble vers une autre table, l'image même d'un couple heureux. J'aimerais que Knox et moi puissions faire ça.

Sauf que ce ne sera jamais nous. Nous ne faisons que répondre à un désir – un désir que nous sommes les seuls à pouvoir combler – pendant la saison. Entretenir une relation dans le cadre d'un programme de football n'est pas facile.

J'attends toujours le jour où il me dira qu'il a rencontré

quelqu'un. Quelqu'un de son âge, qui ne s'inquiète pas d'être surpris de coucher avec lui.

Ce n'est pas bien. Tellement mal que parfois, je ne comprends pas pourquoi nous continuons à faire ça.

— Frankie ? La voix de Knox semble vouloir attirer mon attention.

Je chasse mes pensées indisciplinées et je me retourne vers Darlene.

— C'était super de vous rencontrer.

— Également. Knox, on se voit la semaine prochaine.

Elle l'embrasse à nouveau et nous nous retrouvons seuls.

— Ça va ? demande-t-il.

— Oui, oui.

La douleur qui m'a traversée est toujours présente dans ma poitrine.

— Tu veux que je te raccompagne ?

— Oui.

Le soleil s'est couché depuis longtemps et une brise fraîche souffle sur le parking. J'enroule mes bras autour de mon torse en essayant de lutter contre le froid.

— Je m'excuserais bien pour le comportement de ma grand-mère ce soir, mais elle est toujours comme ça.

Knox semble heureux de dire ça.

— Tu as de la chance de l'avoir. J'aimerais avoir de la famille qui vit près de chez moi.

— C'est un sacré personnage, hein ? dit Knox en regardant par terre, le silence s'installant entre nous. Je suis content que tu sois venue ce soir.

En regardant autour de moi, je réalise que nous sommes les deux seuls à l'extérieur. Je serre rapidement son biceps.

— Moi aussi.

— Tu sais que tu vas devoir revenir maintenant, n'est-ce pas ?

— Si je ne le faisais pas, ta grand-mère me traînerait ici elle-même.

Knox me fait un sourire. Celui qui me donne des fourmis dans les jambes. Le même qui me rappelle que même si ce n'est pas quelque chose que nous devrions faire, je vais quand même continuer à le faire.

— Tu n'as pas tort.

C'est comme si aucun de nous deux ne savait quoi dire ensuite, mais nous ne voulons pas partir. C'est difficile, mais je recule la première.

— Bonne nuit, Knox.

— On se voit samedi soir ? demande-t-il en s'attardant un instant de plus.

— Comme toujours.

Comme si je pouvais lui refuser quelque chose.

Chapitre Huit

KNOX

— Salut, mec. Où tu vas ? dit Logan en m'arrêtant dans le couloir, sur le chemin de l'ascenseur.

Putain. Je ne peux pas vraiment lui dire que je vais voir Frankie. Depuis que je l'ai vue en début de semaine à la maison de retraite de ma grand-mère, je ne pense qu'à elle.

— Je sors faire un tour.

— Tu veux prendre un verre avec moi ? Les autres gars se morfondent tous ensemble parce qu'on n'est pas à la maison.

Logan lève les yeux au ciel, mais je sais que c'est parce qu'il ne peut pas parler à Audrey. Aux dernières nouvelles, elle était partie s'entraîner dans un autre pays pour la Coupe du monde.

— Bien sûr, mec, dis-je en lui donnant une tape sur l'épaule et en le guidant vers l'ascenseur. Mais tu sais que tu voudrais être là-bas autant qu'eux.

Il enfonce ses mains dans ses poches.

— Tu as déjà été en couple ?

— Euh...

J'essaie de lui donner une réponse qui, je l'espère, fera qu'il me laisse tranquille.

— C'est vrai, désolé. Je sais que tu es content d'être célibataire. Mais je déteste qu'Audrey soit à l'autre bout du monde et que je ne puisse pas lui parler.

L'ascenseur s'ouvre sur le hall tandis que Logan déplore d'être si loin de sa copine. Frankie apparaît juste devant nous.

Je fais tout mon possible pour ne pas retourner dans cet ascenseur et remonter avec elle. Mais je ne peux pas. Pas avec Logan à mes côtés.

— Où allez-vous, Messieurs ? demande Frankie sans laisser paraître quoi que ce soit.

— Prendre un verre. C'est autorisé ?

Le ton mordant de Logan ne m'a pas échappé. Après tout ce que je leur ai dit sur elle, ils ne sont pas ses plus grands fans. C'est mieux ainsi. Moins de soupçons sur nous.

— Tant que vous êtes prêts pour demain. Philadelphie est une équipe difficile, alors préparez-vous.

Frankie regarde Logan avant de reporter son intérêt sur moi.

Traîner avec Logan est la dernière chose que j'ai envie de faire. Je préférerais être au lit avec la femme qui est devant moi. Être enveloppé par elle, c'est l'endroit que je préfère.

— Ils ne seront pas à la hauteur. On est prêts.

Elle lève les yeux au ciel quand je lui fais un clin d'œil.

— Vous avez intérêt, dit Frankie en entrant dans l'ascenseur, un sac se balançant à ses côtés. Sinon je m'assurerai que vous le sentiez pendant l'entraînement de mardi.

Ces mots ne devraient pas être aussi sexy. Parce que je sais ce qu'il y a derrière.

C'est ce qui se passera après l'entraînement qui me plaira.

— Pas de problème, coach Rose.

— À demain, au match.

Les portes se referment sur elle.

Logan siffle quand elle a disparu.

— Elle en a vraiment après toi.

Je joue le jeu.

— Je ne sais pas ce que je lui ai fait. Peut-être que je suis juste un trop bon joueur.

Logan ricane et s'assied sur un tabouret du bar.

— Ou peut-être que c'est ta grosse tête qu'elle aime.

— Je suis sûr que c'est ça.

— C'est plutôt culotté de votre part de vous aventurer dehors, dit le serveur qui apparaît devant moi.

— Laissez-moi deviner... vous êtes fan de Philadelphie ?

— On ne peut pas vivre dans cette ville sans les encourager.

— Rien de nouveau. Le pourboire sera bon si vous nous apportez quelques bières.

— Bonne idée !

Il nous laisse.

— Ça doit être sympa de gagner ces dollars de vétérans.

— Hé, tu auras un beau contrat quand ton contrat de débutant sera terminé, Winchester.

Deux bières dans des verres glacés sont déposées sur la table.

— En attendant, c'est toi qui payes ! dit Logan en levant son verre.

— Peut-être cette tournée. Tu n'es pas fauché non plus.

Logan rit.

— Non. Mais j'essaie d'acheter une maison, chez moi.

— C'est où, déjà, chez toi ? je lui demande.

— Dixon, dans l'Idaho. Une petite ville au milieu de nulle part, mais j'aime bien.

— Tu y rentres souvent ?

Il secoue la tête.

— Pas aussi souvent que je le voudrais. Et toi ?

— Michigan.

— Et ta grand-mère habite ici ?

— Oh, oui. Elle a dit que quelqu'un devait me maintenir dans le droit chemin dès mon année de débutant, dis-je en riant avant de siroter ma bière fraîche.

— Je suis sûr que c'est comme ça que ça se passe.

— Je ne sais pas si j'aurais pu passer ma première année sans elle. Mais ensuite, elle a voulu être entourée de gens de son âge, alors elle a déménagé dans une communauté de retraités.

— Et c'est là qu'elle fait des siennes, dit Logan en pouffant.

— Je suis sûr que tu as des grands-parents comme elle.

Logan me fait signe que non.

— Quand j'étais petit, j'étais vraiment le fauteur de troubles. J'étais au milieu d'une famille de cinq enfants.

— Eh ben, je parie que c'était amusant !

— Tu n'as pas de frères et sœurs ?

Je secoue la tête.

— On a toujours été seuls, avec ma mère. On a vécu avec mes grands-parents pendant un certain temps, mais je n'ai jamais eu l'impression de manquer de quelque chose. Il y avait toujours le football.

Peu importe ce qui m'arrivait, le football était toujours là pour moi. Il ne m'a jamais quitté comme certains. Je pouvais toujours compter sur lui. Même dans les moments difficiles.

— Il y a des jours où j'aurais aimé avoir cette tranquillité. Mais je n'échangerais mon enfance pour rien au monde, dit Logan en avalant le reste de sa bière. Tu en veux une autre ?

Je vide le dernier tiers de la mienne. Mon esprit a déjà dérivé vers la femme qui m'attend à l'étage et que j'ai envie de voir.

— On devrait probablement remonter. Je ne veux pas avoir d'ennuis pour avoir manqué le couvre-feu.

— Je veux envoyer un message à Audrey avant d'aller me coucher.

— Tu n'as pas dit qu'elle était à l'autre bout du monde ? Tu ne vas pas la réveiller ?

— Je sais, mais c'est plus fort que moi. Certains jours, j'ai l'impression qu'elle me garde dans les parages pour booster mon ego.

— Qu'est-ce qui te fait penser ça ?

— Audrey a été médaille d'or, mec dit Logan en me tapant le bras. Elle est plus âgée que moi. Elle pourrait facilement trouver quelqu'un de bien mieux.

— Nan, tu joues à la NFL. Tu lui plais.

Ses paroles ont planté le doute dans mon esprit. Est-ce que c'est ce que Frankie pense de notre relation ? Qu'elle stimule mon ego ? Que je ne suis qu'un petit toutou perdu qui la suit partout ?

Le serveur apparaît devant nous.

— Autre chose, les gars ?

— Nan, merci, ça va.

— Vous allez avoir besoin de tout le sommeil possible, vous deux, même si vous ne nous battrez jamais.

— Dans tes rêves, dit Logan. Je vais déchirer sur le terrain, demain.

Il nous fait un signe de tête alors que je laisse tomber un gros billet sur le bar.

— Merci, mec.

— Merci à vous, dit-il en écarquillant les yeux. Mais un bon pourboire ne veut pas dire que je vais vous encourager demain.

Il nous fait un signe de la main alors que Logan et moi retraversons le hall.

— Tu es prêt pour demain ? Je sais que le coach a prévu de t'alterner avec Taylor pour commencer.

— Putain, je suis tellement prêt, je le sens presque déjà, dit Logan en enfonçant les mains dans ses poches et en me regardant, l'air ailleurs. Est-ce que tu ressentais ça quand tu as commencé la première fois ?

Je lui souris. Un grand sourire idiot s'étale sur mon visage.

— Putain, ouais. Y a pas mieux comme sensation ! Je sais que tu vas être excellent.

Je lui tape l'épaule au moment où l'ascenseur s'arrête à notre étage. Je sais que Frankie est à celui du dessus. Mon esprit mouline à toute vitesse, j'essaie de réfléchir à la façon dont je peux m'en sortir. Depuis que Logan a ouvert la bouche, le doute s'est frayé un chemin dans ma tête.

— Merde ! J'ai laissé mon portefeuille en bas. À demain.

Je fais mine de chercher mon portefeuille, sachant qu'il est bien rangé dans ma poche arrière.

— Bien sûr, pas de problème. À plus, dans le bus.

Logan me fait un petit signe de la main tandis que j'appuie sur le bouton de l'étage de Frankie.

Cette fois, les couloirs sont déserts et je me rapproche de sa chambre. Je frappe doucement et j'entends qu'on éteint la télévision derrière la porte.

— Qu'est-ce que tu fais là ? dit Frankie entre ses dents serrées.

Elle m'entraîne dans la pièce et ferme la porte derrière moi.

— J'ai dit que je te verrai au match demain.

— Je pensais que c'était juste un moyen de te débarrasser de nous.

La lumière de la chambre d'hôtel projette Frankie sous un autre jour. Au lieu de son habituel pantalon kaki, de son polo et de ses cheveux bien tirés en arrière, de douces ondulations tombent autour de son visage. La robe qu'elle porte épouse ses formes, plongeant entre ses seins. Ses ongles de pieds, vernis de couleur vive, dépassent du bas de la robe. Cette image me chamboule.

— Knox, mes règles ont commencé ce matin. La dernière chose que j'ai envie de faire, c'est de batifoler avec toi.

Je recule d'un pas.

Elle me donne une tape sur le torse et retourne dans la pièce. Sa robe voltige autour d'elle dans un flou de couleurs.

— Ne fais pas ton homme de Néandertal, Knox. Les femmes ont leurs règles, c'est comme ça.

— Désolé, dis-je en secouant la tête pour sortir de ma stupeur. Tu as besoin de quelque chose ?

— Je ne suis pas d'humeur, Knox.

— Je n'étais pas...

Frankie ne me laisse pas finir, elle pivote sur ses talons et me fait face.

— Je ne suis pas d'humeur à m'amuser. J'ai des crampes affreuses, alors si tu veux bien regarder des comédies romantiques avec moi et manger de la glace, tu peux rester. Sinon, tu peux aller te tripoter dans ta chambre.

J'attrape le doigt qu'elle a pointé sur moi.

— Hé, je n'ai pas demandé ça.

— Ah bon ?

Frankie pose une main sur sa hanche et me lance le

fameux regard terrible qui fait fuir mes coéquipiers pendant l'entraînement.

— Est-ce que je suis venu ici pour ça ? Oui, je ne mentirai pas. Tu le sais bien. Mais je ne suis pas un homme de Néandertal.

— Prouve-moi que j'ai tort.

Laissant tomber sa main, j'enlève mes baskets et m'écroule sur le lit. J'attrape le téléphone et compose le numéro du room service.

— Qu'est-ce que tu fais ?

Je lève un doigt et un homme décroche sur l'autre ligne.

— Bonjour, est-ce qu'on peut avoir de la glace à la menthe et aux pépites de chocolat ? Assez pour deux personnes.

— Tout de suite, Monsieur. Autre chose ?

Je couvre le combiné d'une main et je regarde Frankie, les bras croisés sur la poitrine.

— Tu veux autre chose ?

La lèvre de Frankie frémit.

— Non, la glace c'est bien.

— C'est bon. Merci, dis-je avant de raccrocher et de tendre la main à la femme qui se tient devant moi. Alors, on regarde quel film ?

— Tu as vraiment l'intention de rester ?

Frankie m'enjambe et s'installe à côté de moi. Nos flancs se touchent, des épaules aux orteils. La chaleur de ce contact innocent emplit tout mon corps.

— Bien sûr que oui. De la glace et passer du temps avec toi.

Ensuite, je plonge les yeux dans les siens et je lui demande quel film on va regarder.

— « Ce dont rêvent les filles ».

Frankie passe la main par-dessus moi et attrape la télécommande pour remettre la télé en marche.

Le film passe pendant que nous attendons le room-service. Plus nous avançons dans l'histoire, plus je suis perdu.

— Attends, comment elle peut s'envoler pour Londres comme ça ? Elle a dix-huit ans.

Frankie rit à côté de moi.

— C'est un film, Knox. Ne pose pas ce genre de questions.

— Mais en quoi est-ce crédible ? dis-je en désignant la télé. Personne ne va croire ça.

— Elle s'échappe pour une raison, dit Frankie en baissant mon bras et en le tenant fermement. Regarde, c'est tout.

Quand on frappe à la porte, elle sursaute à côté de moi.

—J'y vais !

Je vais pour l'arrêter, mais elle se dirige déjà vers la porte.

— C'est ma chambre. Laisse-moi faire.

Elle revient en poussant un chariot. Elle prend deux bols, enlève les couvercles et les apporte près du lit.

— Comment tu sais que j'aime la glace à la menthe, d'ailleurs ?

Elle enfonce la cuillère dans l'épaisse glace verte et en prend une bouchée.

— Parce que je te connais.

Je l'imite en prenant une bouchée.

—Je suppose que oui.

Elle retire la cuillère de sa bouche d'un air tentateur.

Je fais des efforts surhumains pour ne pas la jeter sur le lit et goûter la menthe sur ses lèvres.

Mais je ne le fais pas. Je sais qu'elle ne se sent pas bien et que c'est la dernière chose à laquelle elle pense. Au lieu de ça, je m'installe à côté d'elle, je mange de la glace et regarde ce qui est sans doute le film le plus stupide du monde.

Nous n'avons jamais été comme ça. Quand on est ensemble, c'est toujours pour le sexe. Et ça m'allait bien toutes ces dernières années.

Tout à coup, ce n'est plus suffisant. Tout ça à cause de ce que je ressens pour cette femme. Les moments que j'ai passés avec elle en dehors des chambres d'hôtel me donnent envie d'en avoir plus.

Je ne veux pas que mon ego soit stimulé par une personne qui va me larguer lorsqu'elle trouvera quelqu'un d'un âge plus adéquat. Je veux vivre ça avec elle.

Je découvre que cette femme est bien plus que le football. Je veux plus d'étincelles. Plus de temps. Autre chose que de simples rencontres à huis clos.

Je veux plus.

Chapitre Neuf

FRANKIE

— Très bien, les gars, écoutez.

Je regarde fixement la ligne défensive tandis que l'entraîneur Jenkins appelle nos défenseurs à l'attention.

— Chicago a fait quelques changements dans son équipe.

— Ouais, parce que leur quarterback est nul, ricane quelqu'un à l'arrière.

— Quoi qu'il en soit, Chicago sera toujours une équipe difficile. Je veux m'assurer qu'on est prêts, alors coach Rose va travailler sur quelques exercices avec tout le monde aujourd'hui.

Les grognements ne m'échappent pas.

— Vous ne pouvez pas les diriger, coach ? Vous êtes plus sympa avec nous que Frankie, se plaint Newman.

— Rien que pour ça, tu feras un exercice supplémentaire !

Mon visage est resté de marbre alors que je lui criais dessus.

— Ohh, noon !

— Tu devrais le savoir depuis le temps. C'est avec Frankie qu'il ne faut pas se frotter, lui dit Knox.

— Est-ce que je peux prétendre que je suis un bleu et que je ne savais pas ?

— Non, lui dis-je de là où je me trouve. Tu finiras par l'apprendre.

L'entraîneur Jenkins siffle et les joueurs se dispersent.

Le vent fait voler les feuilles sur le terrain. L'automne bat son plein. Maintenant que la saison a commencé depuis plusieurs semaines, chacun apprivoise son rôle au sein de l'équipe.

Cela fait quelques semaines que ça a commencé. Denver est en tête de la division et nous sommes en bonne position avant d'entamer de longues semaines de déplacements. Nous partons presque immédiatement après le match de Chicago pour nous rendre à Londres. Nous aurons quelques jours de repos, mais cela aura une incidence sur notre emploi du temps la semaine suivante, même avec une victoire par forfait.

— Qu'est-ce qu'on fait aujourd'hui, coach ?

Knox apparaît à mes côtés. Ses manches longues cachent ses tatouages. C'est vraiment dommage.

— Comme Chicago a modifié sa ligne offensive, nous allons travailler sur des exercices de réaction et de jeu de jambes.

Knox me fait un clin d'œil avant de remettre son casque.

— Vous avez entendu le coach. Sur la ligne, les gars.

Quand Knox prend la parole, ces gars-là écoutent. Il est le capitaine depuis quelques années. Il a gagné le respect de cette équipe. J'ai vu des joueurs plus anciens que lui gaspiller leur talent.

Mais pas Knox. C'est l'un des linebackers les plus

talentueux avec lesquels j'ai travaillé. Et nous avons eu quelques-uns des meilleurs dans notre équipe.

En regardant les garçons s'aligner, je ne peux m'empêcher de sourire. C'est toujours un défi d'intégrer de nouveaux joueurs dans l'équipe. On ne sait jamais comment les personnalités vont s'accorder.

Ce n'est pas un problème avec ces gars-là. Ils exécutent les exercices sans problème. Si quelqu'un se trompe, le suivant intervient pour l'aider.

Je ne corrige que si c'est nécessaire.

— Comment ça se passe ici, coach Rose ?

L'entraîneur Brooks surgit à côté de moi.

— Bien.

— C'est tout ?

Je lui souris.

— Je n'aime pas me vanter...

— Tu peux. Tu l'as bien mérité.

— On est bien. Chicago n'a aucune chance contre notre ligne.

Le coach me tape sur l'épaule.

— C'est ce que j'aime entendre, Frankie.

Nous regardons Newman exécuter l'exercice, son jeu de jambes s'améliorant depuis qu'il est arrivé chez nous. À l'université, il avait pris de mauvaises habitudes qu'il lui fallait désapprendre.

— Je suis vraiment impressionné. Tu fais progresser ces gars.

— C'est ce que j'aime faire.

— Continue comme ça. Tu vas aller loin.

— Merci, Coach. Je ne suis pas très douée pour accepter ses compliments.

— Je le pense vraiment. Si tu continues à te concentrer sur ton travail, tu seras la candidate idéale pour le poste d'entraîneur des défenseurs.

Je ravale mes regrets. Je cherche Knox des yeux. Il est en train de rire avec les gars sur le terrain. C'est un rire que j'aime entendre.

Jusqu'à ces dernières semaines, tout ce qui se passait entre Knox et moi était strictement sexuel. C'était plus simple comme ça. Les sentiments n'entraient pas en ligne de compte.

Depuis la semaine dernière ? Depuis qu'on a passé la soirée à manger de la glace, ça commence à se déglinguer. Les règles que j'avais mises en place toutes ces années avaient rendu les choses si faciles.

Une aventure pendant la saison de football ? Facile. On ne fait que s'amuser. Je sais que Knox finira par se caser avec quelqu'un de plus approprié – quelqu'un de son âge – et moi, eh bien, je ne sais pas.

Quand est-ce que tout est devenu si difficile ? À cause de l'homme qui se tient à côté de moi.

J'ai tellement de respect pour l'entraîneur Brooks qu'il m'est d'autant plus difficile de poursuivre cette aventure.

— J'aime mon travail, Coach.

— Tu es plus dévouée que beaucoup de gars ici.

— Je ne veux pas qu'ils soient mal vus à cause de moi.

Il lève la main pour me faire taire.

— Ce n'est pas ce que je veux dire. Ce que j'essaie de dire, c'est que j'apprécie ton dévouement. Continue comme ça, Frankie.

— Merci, Coach.

J'expire lentement tandis qu'il se dirige vers les attaquants.

Merde.

Les yeux de Knox croisent les miens, il hausse les sourcils en signe d'interrogation.

Je secoue la tête, pour ne pas l'alerter sur les pensées qui se bousculent dans ma tête.

Le football a été toute ma vie. Jusqu'au moment où Knox Fisher est entré sur mon terrain. Mais dernièrement ? J'ai lutté contre mes sentiments grandissants à son égard.

Maintenant, si proche d'un autre échelon professionnel, je peux voir mon but arriver.

C'est peut-être pour ça que je serai toujours célibataire. Je ne serai jamais celle à la recherche d'une relation de couple. Le football, c'est simple. Vous exécutez un jeu et ça marche ou ça ne marche pas.

Les sentiments ? Les sentiments ne sont pas si simples, comme ces grands sentiments pour Knox qui deviennent de plus en plus difficiles à nier.

Pourquoi mes sentiments pour lui ne peuvent-ils pas être aussi simples qu'un *sack*[1] contre un quarterback adverse ?

Pourquoi ne puis-je pas avoir à la fois Knox et le football ?

1. Plaquage d'un quaterback derrière la ligne de mêlée

Chapitre Dix

KNOX

Le couloir est silencieux, je frappe doucement. Le couvre-feu a commencé il y a vingt minutes. Je devais attendre et m'assurer que la voie était libre. La porte s'ouvre et je me glisse à l'intérieur.

— Tu en as mis du temps.

Frankie se jette sur moi dès que je suis dans la pièce, ses lèvres se posent sur les miennes dans un baiser passionné. Cela ne fait que quelques heures que je l'ai vue pour la dernière fois, mais cela fait déjà trop longtemps. Il y a une urgence dans son baiser que je n'ai pas l'habitude de ressentir.

— Ça va ? dis-je en m'écartant.

— Oui, ça va. Je t'attendais, c'est tout.

— Désolé. Je ne voulais pas me faire prendre.

— Si tu avais mis plus de temps, j'aurais dû commencer sans toi.

Putain. Si sa façon de s'envoyer en l'air avec moi l'autre fois était une indication de ce que ce serait, je suis prêt à regarder.

Chaque fois. Chaque putain de fois.

— Ne me taquine pas, dis-je contre ses lèvres.

Frankie me repousse. Mes fesses touchent le lit.

— J'ai une idée pour ce soir.

— Ah oui ?

Elle fait deux pas de plus et se place entre mes jambes. Un masque pend à son doigt.

— J'ai pensé à un jeu.

— J'aime déjà ça.

Je m'apprête à le lui prendre des mains, mais elle recule.

— Et si tu le portais ?

— T'es sérieuse ?

J'attrape ses hanches et je laisse tomber ma tête entre ses seins.

— Tu aimes les jeux. Alors j'ai pensé qu'on pourrait jouer ce soir.

— D'accord.

Ma réponse est sortie d'un coup.

Des jeux sexuels avec Frankie ? Pas de doute, je veux jouer.

— C'est bien. Maintenant, déshabille-toi.

Je me lève en la tenant immobile.

— Toujours aussi autoritaire.

Frankie fronce les sourcils.

— Qu'est-ce que je peux dire ? J'aime bien te donner des ordres.

J'enlève ma chemise et mon pantalon et je me laisse tomber au centre du lit, un oreiller derrière moi. Mon sexe est déjà dur dans mon caleçon.

— Le mot de passe est Chicago, si tu veux qu'on arrête.

— Ah bon ?

— Il faut bien en avoir un.

Elle s'assied sur le lit à côté de moi.

— Pourquoi l'équipe contre laquelle on joue demain ?

Je croise les bras derrière la tête.

Elle sourit.

— Facile à retenir.

— Alors, c'est quoi le jeu ?

Frankie passe une main sur mon torse, en suivant mon mamelon.

— Tu dois deviner ce que je frotte sur ta poitrine.

— Et qu'est-ce que je gagne si je devine ?

Frankie se penche sur moi et passe l'élastique du masque derrière ma tête.

— Je suis sûr que tu peux deviner. Voici un petit indice.

Sa main libre plonge pour caresser la protubérance de mon caleçon.

— Putain.

— C'est bien. Maintenant, ferme les yeux.

J'obéis à son ordre et elle fait glisser le masque sur mes yeux. Tout devient sombre. Même si je pouvais ouvrir les yeux, je n'en aurais pas envie.

— Tu ne vois rien ?

— Non.

— C'est bien. Je vais t'en faire un facile pour commencer.

Il y a un bruissement à côté de moi vers lequel je me tourne avant que quelque chose d'humide et de froid ne descende le long de ma poitrine.

— Merde. Il fallait que ce soit de la glace ?

— Je te donne juste une idée de ce à quoi tu dois t'attendre.

Tout d'un coup, mon caleçon descend et Frankie prend un de mes testicules dans sa bouche chaude.

— Putain, c'est bon.

Elle se retire, bien trop vite.

— C'est tout ?

— Patience, Knox. Patience.

Elle presse mes testicules avant de retirer sa main.

— Si je meurs d'une congestion des testicules…

— Tu feras quoi ? demande-t-elle.

Je tourne la tête vers sa voix, imaginant seulement la tête qu'elle fait.

— Je viendrai te hanter.

— Quelle menace ! dit-elle en riant.

Le lit s'incline au moment où Frankie s'allonge à mes côtés. Même sans les voir, je reconnais ces formes. Leur sensation délicieuse.

— C'est quoi ?

Elle fait rouler quelque chose sur mon torse. Cette fois ça n'est pas si simple.

— J'ai droit à combien d'essais ?

— Tu abandonnes déjà ?

Son souffle est chaud dans mon oreille.

— Bien sûr que non, j'ai juste besoin de savoir à combien d'essais j'ai droit.

Elle fait encore rouler l'objet.

— Deux. Après ça on passe à autre chose.

— Une pièce ?

— Tu es sûr ? dit-elle en me léchant l'oreille.

— Oui.

Même si ce n'est pas vrai du tout.

— Exacte.

— Yess !

Je lève le poing en signe de victoire tandis que Frankie me prend le menton. Elle pose les lèvres sur moi, sa langue caresse les commissures de ma bouche. Je l'ouvre pour elle.

Elle prend le contrôle et je la laisse faire. Alors qu'elle explore ma bouche comme si c'était la première fois qu'elle la goûtait, je lutte contre l'envie de prendre le dessus. Un seul baiser et je sais que mon membre goutte déjà le long de mon ventre.

Je me perds dans le baiser à chaque caresse de sa langue. Putain, qu'est-ce que j'aime embrasser cette femme. Je pourrais le faire sans cesse et ne jamais m'en lasser.

— Très bien, Knox.

La façon dont elle prononce mon nom fait grimper la température en moi. J'en veux plus. Chaque centimètre de ma personne a envie d'avoir plus de cette femme.

— Bon, et ça ? dit-elle en s'installant de part et d'autre de mon torse et en rampant sur moi.

Je le reconnaîtrais n'importe où.

— Ton sexe.

— C'était rapide.

— Il m'obsède un peu.

— Puisque tu as répondu si vite, je te laisse choisir ta récompense.

— Ton sexe.

Je sais qu'elle lève les yeux au ciel.

— Tu as déjà répondu.

— Je veux ton sexe comme récompense. Je veux que tu t'asseyes sur mon visage pendant que je te fais jouir.

— Je ne pense pas que tu comprennes comment ce jeu fonctionne.

— J'ai le droit à une récompense pour avoir deviné correctement. J'ai deviné que c'était ton sexe et maintenant je le veux. Bouge-toi, Frankie.

Je tends aveuglément la main, trouve ses cuisses et l'attire vers le haut et sur ma poitrine. Son doux parfum m'emplit le nez plus que d'habitude.

Nous devrions vraiment jouer à ce jeu plus souvent. Avec ça comme récompense ? Je suis tout à fait d'accord.

Je fais glisser mon nez dans ses plis, mes mains glissent vers ses fesses.

— J'adore ton sexe.

— Tu l'as déjà dit.

Je la rapproche de ma bouche en prenant mon temps. Ma langue plonge en elle et elle pousse un soupir.

— Tu aimes ça ? Je murmure contre elle.

— Oh, oui.

Elle est déjà trempée lorsque j'aspire son clitoris dans ma bouche, faisant tournoyer ma langue autour. Je la rapproche encore.

Je passe ma langue plus bas, je m'attaque à son sexe lentement et en m'appliquant. Je prends mon temps, je caresse et j'aspire.

Je sais que ça la rend folle parce qu'elle s'assied plus fort sur mon visage.

— Pourquoi t'es si doué pour ça ? murmure-t-elle.

Je ne réponds pas, je continue à la pousser vers l'orgasme. Je sais que ce jeu est fait pour moi, mais je veux qu'elle prenne son pied. Même si mon membre a envie d'exploser.

— Knox. Oh mon Dieu.

Elle ne fait que gémir alors que j'enfonce à nouveau ma langue en elle pour la goûter.

— *Oh mon Dieu.*

Elle jouit sur ma langue. Je maintiens ses hanches, ne la laissant pas bouger alors que j'absorbe jusqu'à la dernière goutte de son orgasme. Son corps se relâche sur moi.

— Oh la vache !

Frankie glisse le long de mon corps, le masque est maintenant de travers sur mes yeux. J'ai du mal à la distinguer.

— J'aime vraiment ce jeu, Frankie.

— Qu'est-ce que tu veux ensuite ? demande-t-elle, essoufflée.

— Et toi qu'est-ce que tu veux ?

Ses doigts remontent le long de ma poitrine, retirant le masque.

— Je veux que tu sois en moi.

Je nous fais rouler, et maintenant je peux la voir. Elle a déjà l'air complètement comblée, et nous n'en sommes pas encore à la meilleure partie.

— Encore une fois, en quoi est-ce un jeu ? Je soulève une de ses jambes pour l'amener sur mon épaule et je la pénètre.

— Un jeu où nous sommes tous les deux gagnants ?

— Putain, j'accepte.

Nous vivons déjà sur du temps emprunté, alors je n'en gaspille pas plus. Je commence à la prendre avec force. Chaque pression de son sexe parfait me rapproche de l'orgasme.

Je baisse la tête et je me regarde aller et venir. Quelle putain de vue !

— Plus fort.

J'accélère le rythme, je m'approche du plaisir.

Les mots chuchotés de Frankie « plus fort, juste là, oui » me font frôler l'extase. Mais je ne jouirai pas sans elle.

— Allez ! je grogne.

Je suce la peau douce de son sein, je le mordille.

— Aaah ! Ses ongles s'enfoncent dans mon dos.

— C'est ça, Frankie. C'est ça.

Je fais pivoter mes hanches à chaque poussée.

Ses yeux marron restent rivés sur les miens. La tension tourbillonne autour de nous. Désir. Chaleur. Désir. Tout est là. Sans parler de quelque chose d'autre qui persiste juste sous la surface.

Avant que je puisse m'y accrocher, elle jouit. Ses cris silencieux m'échappent tant mon propre orgasme m'envahit.

— Putain. Putain, putain, putain !

Putain de merde. Je jouis plus fort que jamais.

— Oh mon Dieu, Knox.

Le sexe de Frankie me presse encore deux fois, avant que je ne me retire et que je m'effondre à côté d'elle.

Je suis complètement épuisé. J'ai donné jusqu'à la dernière goutte de mon énergie à la femme allongée à côté de moi.

Frankie penche la tête sur le côté et ses yeux doux me regardent.

— C'était..., commence Frankie.

— Je sais.

C'est difficile à exprimer. Ce que nous venons de faire ressemble à… c'est plus qu'une partie de jambes en l'air. Il y avait de la confiance, certes, mais quelque chose de plus.

Un lien plus approfondi entre nous deux. Je l'attire dans mes bras, j'ai envie d'elle tout de suite. J'ai presque l'impression qu'on peut avoir plus tous les deux.

On s'en fiche de la différence d'âge.

On s'en fiche du fait qu'elle est mon entraîneuse et qu'on ne devrait pas faire ça.

J'emmerde toutes les autres raisons pour lesquelles je me dis que ça ne marchera pas.

Tout ce que je veux, c'est la femme qui est dans mes bras.

— Tu ne devrais pas retourner dans ta chambre ? dit-elle, essoufflée.

Alors que ces paroles me refroidissent, elle enroule son bras autour moi et me tient contre elle.

— Dans quelques minutes, dis-je dans un murmure.

Frankie pivote dans mes bras et pose sa tête sur ma poitrine. Je peux sentir le sourire heureux qui se dessine sur ses lèvres.

— À quoi tu penses ? je lui demande.

Je la sens sourire contre ma poitrine.

— Je pense au fait que c'est le meilleur jeu qui soit.

Chapitre Onze

KNOX

— Bon, les gars, le match va être dur aujourd'hui.

C'est un euphémisme. Ce qui avait commencé par une pluie verglaçante s'est transformé en neige. Elle s'est déposée sur le terrain et a rendu les échauffements d'avant-match encore plus difficiles. Ne parlons pas du match.

— Chicago joue par ce temps, tout comme nous. Rien ne sera donné. Tout sera mérité.

L'entraîneur regarde chacun d'entre nous.

— Jouez comme vous savez faire aujourd'hui. Vous avez ce qu'il faut.

Alex s'avance au centre de la pièce, juste au-dessus de l'emblème des Mountain Lions.

— Vous avez entendu ce que l'entraîneur a dit. Ce sera un match difficile. Mais aidez le gars à côté de vous et nous aurons ce qu'il faut pour remporter la victoire. Mountain Lions à trois...

Il fait le compte à rebours et « Mountain Lions » résonne dans le vestiaire. Nous nous dirigeons vers le terrain. Le vent devient glacial lorsque nous sortons du tunnel comme une seule équipe.

La neige tombe vite et fort, recouvrant le terrain aussi vite qu'on peut le dégager. Les projecteurs percent l'obscurité de la fin de l'après-midi. Les supporters sont flous dans les tribunes.

C'est comme si Denver avait complètement zappé l'automne pour passer directement à l'hiver.

Mais leurs acclamations se font entendre dans tout le stade. Ils vibrent d'excitation pour le match d'aujourd'hui.

Alex et Jackson se dirigent vers le milieu du terrain pour le tirage au sort. La pièce se perd dans la neige, mais je vois les arbitres désigner Chicago.

C'est parfait.

Alex et Jackson reviennent en courant vers la ligne de touche.

— Tu crois que tu peux les garder sur la ligne de touche ? me dit-il d'un air sévère.

Je lui fais un sourire.

— Je suis connu pour ça. Peut-être qu'ensuite tu pourras comprendre comment jouer quarterback.

— Connard.

— Je fais ce que je peux, capitaine.

— La tête dans le jeu, les gars, dit Frankie qui arrive en nous regardant tous. Un début bien puissant pour que l'élan soit en notre faveur.

— Ça marche, patronne.

Je me retiens de lui faire un clin d'œil, mais son regard s'attarde sur moi un instant de plus.

Probablement à cause de tout ce que je lui ai fait hier soir.

Putain. Ce n'est pas à ça que je dois penser dix secondes avant d'entrer sur le terrain.

Chicago est arrêté à la douzième ligne, leur retourneur

ayant glissé et étant tombé avant de pouvoir atteindre le centre du terrain.

J'attrape mon casque et je cours sur le terrain. En observant leur attaque se mettre en place, j'appelle mes gars.

— On dirait qu'ils vont passer. Attention à la trajectoire.

Le ballon est lancé et, comme prévu, Chicago commence le match par une passe rapide.

Nous ne les laissons pas faire. À la seconde où le ballon atterrit dans les mains du receveur, je suis là.

Perte d'un yard.

La foule est en délire et nous forçons un *three and out* [1] sur la première série du match.

— Beau travail, les gars, dit Frankie en s'approchant du banc où nous sommes assis. Je pense qu'ils vont supprimer cette tactique parce qu'elle n'a mené nulle part. Il va falloir faire attention au run.

Frankie tourne ses yeux marron vers moi.

— Tu penses pouvoir y arriver ?

— Oui, bien sûr. Il n'y a pas de quoi s'inquiéter, Coach.

— Très bien. Alors, fais-le.

Frankie s'éloigne de la ligne de touche tandis que Newman me frappe à l'épaule.

— Eh ben merde, même avec cet arrêt tu ne reçois aucun amour.

S'il savait...

— Ça me donne envie de bosser davantage.

Nous regardons l'attaque entrer sur le terrain et Alex

---

1. Three and out : quand l'attaque ne fait que 3 jeux et doit rendre le ballon à son adversaire

agit comme si ce temps pourri n'était rien d'autre qu'un dimanche de plus pour lui.

Il est précis et exact lorsqu'il fait avancer l'équipe sur le terrain.

En plein dans la zone d'en-but. Les tribunes explosent de joie tandis que Logan fait passer le touchdown pour un jeu d'enfant.

— Putain, bien joué, gamin !

Je lui donne une tape sur le casque alors qu'il court vers la ligne de touche, un sourire aux lèvres.

— Ça m'a fait un bien fou, dit-il en détachant sa jugulaire et en s'installant sur le banc à côté de moi.

— Super ton action sur le linebacker.

— Comme tu me l'as appris.

Voilà pourquoi j'aime être capitaine. Même si Logan est à l'attaque, c'est facile de lui montrer des mouvements pour l'aider. Le gamin est comme une éponge... il absorbe tout ce que tout le monde lui dit.

Cette fois, au moment du coup d'envoi, Chicago pose un genou à terre dans la zone d'en-but.

L'intuition de Frankie était la bonne. Au lieu de faire une passe, Chicago va faire un run.

Je m'apprête à bloquer le ballon, mais je glisse sur la neige. Le running back s'échappe alors qu'il s'élance sur la ligne de touche. Notre *safety*[2] l'intercepte enfin, le poussant hors des limites du terrain, directement sur notre ligne de touche.

C'est le chaos, je trottine jusqu'à la ligne de touche. Les arbitres sont là, pour écarter les joueurs de celui de Chicago.

Au milieu de tout cela, Frankie est allongée sur le sol.

---

2. Le safety est un poste de défense. Le dernier rempart en quelque sorte.

Quelqu'un appelle le médecin de l'équipe pour qu'il s'occupe d'elle, alors qu'elle essaie de le repousser.

Mon cœur se met à battre à tout rompre. J'ai envie de me précipiter vers elle, moi aussi. Je veux l'examiner de mes propres yeux pour voir si elle va bien.

— Ça va.

Elle lutte pour ne pas grimacer de douleur. Je sais qu'elle ne veut pas que les gars la perçoivent comme faible.

— Qu'est-ce qui s'est passé, bordel ? dis-je en poussant les joueurs hors du chemin.

Frankie me jette un regard noir, me signifiant que ma présence n'est pas souhaitée.

— Fisher, retourne sur le terrain. Nous allons nous occuper de coach Rose.

Le médecin de l'équipe m'écarte et pose des questions.

— Elle a perdu connaissance ?

— Elle peut répondre d'elle-même, grogne Frankie.

— Sa tête a basculé en arrière et a heurté la pelouse, dit un entraîneur qui l'ignore et répond à la question du médecin.

— Je vais bien, répète-t-elle au médecin.

— Je me sentirais mieux si je vous examinais, insiste le médecin.

— Knox ! Fields ! me crie Jenkins.

Je suis poussé sur le terrain pendant qu'on aide Frankie à se lever.

Les secondes qui suivent se déroulent dans le flou le plus total. Chicago quitte le terrain sans avoir marqué le moindre point et je retourne en courant vers notre ligne de touche. Je ne sais pas si j'ai suivi les instructions ou non.

Je ne pensais qu'à une chose et une seule.

J'ai vu les coups que les gens prennent sur la ligne de touche. Cela fait partie du jeu, mais ça ne rend pas les choses plus faciles.

Notre coordinateur défensif nous salue.

— Coach Rose va sortir pour le reste du match.

— Comment va-t-elle ?

Newman a posé la question que je ne peux pas poser.

— Les médecins s'occupent d'elle en ce moment.

Il ne nous dit rien de plus. Le match se déroule dans un tourbillon de neige et de vent.

Les Mountain Lions l'emportent, sans que je n'y sois pour rien.

J'ai l'impression que mes mains sont prises dans des blocs de glace lorsque j'enlève mon maillot et que je me dirige vers les douches.

Je laisse l'eau chaude m'inonder, apaisant tous mes muscles froids et fatigués.

D'habitude, j'adore jouer par ce temps. Quelque chose dans les éléments me donne l'impression d'être de retour sur le terrain des peewees, me rappelant pourquoi j'aime ce jeu.

Pas aujourd'hui.

Aujourd'hui, le match m'a semblé interminable.

Parce que pour une fois, le football n'est pas la chose la plus importante.

C'est Frankie qui l'est.

J'attrape ma serviette, je l'enroule autour de ma taille et je me dirige vers mon casier.

— Ça va, Knox ? me dit Alex en me donnant une tape sur la poitrine. Tu as l'air dans les vapes.

— Je crois que mon cerveau a gelé. Je ne sais pas si je me réchaufferai un jour, dis-je en riant pour balayer la remarque d'Alex.

— Tu es sûr ?

Je n'aime pas son regard interrogateur. Alex est incroyablement perspicace.

— Absolument. Va retrouver ton homme à la maison.

Cela lui arrache un grand sourire. Et il me laisse tranquille.

— Je n'y vois aucun inconvénient.

— Passe le bonjour à Carter.

— Entendu.

Alex enfile son manteau et s'en va.

Les vestiaires se vident après les interviews d'après-match. Il n'y a toujours aucun signe de Frankie. En enfilant mon sweat, je me décide.

Merde.

Je connais les règles.

Ses règles à elle.

Nous limitons notre temps ensemble autant que possible. C'est plus facile de brouiller les pistes.

Et puis merde.

J'enfile un sweat-shirt, j'attrape mes clés et je sors.

Au diable les règles.

Chapitre Douze

FRANKIE

Si c'est ça être un joueur de football, je ne veux plus jamais porter de maillot.

Sauf que si j'étais un joueur, j'aurais porté des protections quand j'ai pris ce coup.

Je n'en veux pas au gamin de Chicago. Ce sont des choses qui arrivent. Cela fait partie du jeu.

Mais tout mon corps me fait mal. Dieu merci, je n'ai pas eu de commotion cérébrale. On m'a donné des instructions strictes pour que je me repose et que je sois prête pour le voyage à Londres cette semaine.

Je veux bien les suivre à la lettre.

La cheminée crépite dans mon petit bungalow. Je m'enfonce dans le fauteuil surdimensionné tandis que la neige tombe à l'extérieur. Je pourrais facilement m'endormir ici avec le relaxant musculaire que le médecin m'a donné.

Sauf que l'on frappe à la porte, ce qui perturbe ma tranquillité.

En gémissant, je me lève du fauteuil et me dirige vers la porte en traînant les pieds.

Je ne peux pas cacher ma surprise en voyant Knox – capuchon relevé et les épaules recouvertes de neige – à ma porte.

— Qu'est-ce que tu fais là ?

— Ça te dérange si j'entre ? Il fait un froid de canard ici.

— Non, bien sûr.

Je m'écarte et Knox entre dans ma maison comme si elle lui appartenait.

— Ça va ? Il rejette sa capuche en arrière et fixe sur moi des yeux marron foncé. En temps normal, ils produiraient quelque chose de vil dans mon ventre, mais pas ce soir.

Ce soir, ils semblent presque en colère.

— Je vais bien, Knox.

— Non, tu ne vas pas bien, Frankie. J'ai déjà pris des coups comme ça.

Je vois sa mâchoire se crisper, son agacement est palpable. Dis-moi. Vraiment.

Je me mords la lèvre, essayant de contenir mes émotions.

— J'ai un peu mal.

J'entends bien que ma voix tremble. Et vu la tête que fait Knox, il ne me croit pas non plus.

— Tu parles.

— Knox…

Quelle que soit la lutte que j'exerce, elle disparaît.

Knox se rapproche de moi. Ses yeux marron sont rivés sur les miens. Une main froide balaie les cheveux sur ma nuque.

— Tu n'as pas toujours besoin d'être forte, Frankie.

— Si, dis-je alors que ma voix se brise.

Passant un bras autour de ma taille, Knox me rapproche de lui.

— Laisse-moi être fort pour toi, murmure-t-il.

Je craque. Toutes les émotions que j'ai essayé de contenir toute la journée jaillissent de mes yeux.

— Tout va bien.

Avec les bras de Knox autour de moi, je me sens en sécurité.

Je plonge les mains sous son sweat-shirt, essayant d'absorber toute sa chaleur.

— Comment fais-tu pour encaisser des coups pareils ?

— Je suis beaucoup plus rembourré que toi, murmure-t-il dans mes cheveux. Mais j'ai un moyen de te faire sentir mieux.

— Ah oui ? Je ris sous mes larmes.

— Allez, viens.

Knox recule et prend ma main dans la sienne. Mes yeux restent rivés sur les siens tandis qu'il me fait passer devant la cuisine et entrer dans ma chambre. Il contourne le lit et m'emmène dans la salle de bains. Il est déjà venu ici il y a des années, et il n'a manifestement pas oublié où il allait.

— Un bon bain t'aidera à te sentir mieux.

Knox fait couler l'eau chaude dans la grande baignoire, y ajoutant un peu d'eau froide.

— C'est ça qui te fait te sentir mieux ?

Knox me sourit en faisant passer son sweat-shirt par-dessus sa tête.

— D'habitude, je prends un bain glacé, mais je ne pense pas que tu en aies envie.

— Pas particulièrement, non.

Il saisit l'une des capsules de bain qui se trouvent dans le bol à côté de la baignoire et la jette dedans. Des vapeurs de lavande explosent dans la pièce. Knox se retrouve en caleçon et se tourne vers moi.

— C'est un peu dur de prendre un bain tout habillé.

J'enlève le t-shirt trop grand que je porte et le laisse tomber par terre. Je m'approche de Knox d'un pas et j'enlève mon legging et mes sous-vêtements.

Mes jambes vacillent et Knox me rattrape avant que je ne tombe.

— Je te tiens.

Ses bras se resserrent autour de ma taille et il m'entraîne avec lui dans la baignoire. Il s'installe dans l'eau et m'attire doucement entre ses jambes.

— Oh, mon Dieu.

Au moment où l'eau chaude enveloppe mon corps, il semble que chaque muscle commence à se détendre.

— Tu te sens mieux ? Son ton coquin ne m'échappe pas.

— Beaucoup mieux, dis-je en poussant un soupir de soulagement.

— C'était un putain de coup, Frankie.

— Ça fait partie du jeu.

— Ça fait partie de *mon* jeu.

La main de Knox passe sur mon ventre, m'attirant plus près de lui avant qu'il ne coupe l'eau. Elle se pose doucement sur ma poitrine.

— Je pouvais à peine me concentrer pendant le match. Ils ont passé les replays et ce n'était pas un petit coup de rien du tout, dit Knox.

— Tu aurais dû te concentrer sur le match.

— On a gagné. Désolé, mais j'étais plus préoccupé par toi.

— Et moi, qu'est-ce que tu crois que ça me fait de te voir prendre ces coups toutes les semaines ?

Knox ricane.

— J'ai des protections. Je sais ce que je fais. Tu n'es pas si inquiète que ça.

Je change de position, m'installant plus confortablement contre lui.

— Tu as raison. Je ne suis pas inquiète. Parce que je sais que ça fait partie du jeu.

— Je pense que nous sommes d'accord sur le fait de ne pas être d'accord, Francesca.

— Ooh. Tu as dit mon prénom entier ? Ça veut dire que tu es sérieux alors.

— Qu'est-ce que je vais faire de toi ?

— S'il te plaît, ne me plaque pas, dis-je en riant.

— Je te promets que je ne te plaquerais jamais.

Je laisse retomber ma tête sur l'épaule musclée de Knox, me blottissant contre lui. Pour la première fois de la journée, je me détends. Au stade, on m'a palpée de toutes parts pour s'assurer que rien n'était cassé. Je ne peux pas imaginer être un joueur et devoir passer toute la saison régulière, sans parler des éliminatoires.

— Ça va aller, dis-je en enroulant une main sur celle de Knox et en la tenant contre moi. Je te le promets. Si les médecins avaient pensé que je n'allais pas m'en sortir, ils ne m'auraient pas renvoyée chez moi.

Knox expire.

— Je sais. C'est juste que c'est dur de voir quelqu'un qu'on aime… bien, se faire blesser.

Ses mots sont flous dans ma tête, l'eau chaude et l'odeur de lavande commençant à envahir mes sens. Avec le décontractant musculaire, je pourrais m'endormir ici. En toute sécurité dans les bras de Knox.

Il n'y a que nous deux. Pas de football. Pas de bruit extérieur. Pas de gens qui nous disent qu'on ne peut pas être ensemble.

Juste nous.

Knox et Frankie.

Pour la première fois, cela fait taire toutes les pensées qui ne cessent de surgir dans mon esprit. Je ne me soucie pas de mon âge – Knox était en deuxième année de lycée quand j'ai obtenu mon premier poste d'entraîneur. Je ne me soucie pas du fait que je n'aie jamais eu d'autres relations amoureuses parce que je me suis toujours concentrée sur le football.

Rien de tout cela n'a d'importance alors que je suis assise entre les bras de Knox.

— Je peux faire autre chose pour t'aider ? dit Knox en repoussant mes cheveux sur mon épaule et en déposant un baiser dans mon cou.

— Tu le fais en ce moment même.

Chaque fois que nous sommes ensemble, les raisons pour lesquelles nous ne *devrions pas* être ensemble sont toujours là. Mais en ce moment, je n'arrive même pas à m'en soucier.

Parce que je suis exactement là où je veux être.

Enveloppée, au chaud et en sécurité, dans les bras de Knox.

Chapitre Treize

KNOX

— Comment se fait-il que nous n'ayons jamais eu l'occasion de voyager avec toi ? se plaint ma grand-mère à côté de moi.

— Tu n'as jamais voulu venir.

— Qui voudrait aller à Vegas ? J'y suis déjà allée. Londres, par contre...

Elle regarde le palais devant elle.

— Ce qu'elle veut dire, c'est que nous sommes heureux que Denver joue à Londres et que nous ayons pu vous accompagner, ajoute ma mère.

Les Mountain Lions jouant l'un des rares matchs à Londres cette année, l'équipe a décidé de venir plus tôt pour que nous ayons la chance de faire du tourisme pendant quelques jours. Étant donné que je n'ai jamais été aussi loin du pays que le Canada, c'est un changement de rythme agréable.

De plus, j'ai pu emmener maman et grand-mère. Je ne passe pas beaucoup de temps avec elles pendant la saison, alors je suis content de ces quelques jours supplémentaires.

— Ça aussi, dit Grand-mère en plissant les yeux et en

regardant le palais de plus près. Tu crois qu'on va voir la princesse aux cheveux roses ?

— Ce n'est plus une princesse, dit maman.

— Peut-être que je devrais me teindre les cheveux en rose.

Grand-mère se retourne et nous commençons à arpenter le centre commercial.

— Je ne pense pas que tu serais bien avec des cheveux roses.

Je suis contente que ce soit maman qui l'ait dit et pas moi. Elles ne pourraient pas être plus différentes l'une de l'autre. Alors que je ressemble à mes grands-parents, ma mère se distingue par ses cheveux blonds et ses yeux bleus.

— J'aurais l'air absolument charmante avec des cheveux roses.

— On ne te perdrait pas dans la foule.

— Peut-être que ça distrairait tout le monde et que je pourrai gagner au bingo.

Je retiens un rire.

— Tu comptes tricher pour gagner ?

— Ce n'est pas de la triche si j'ai les compétences pour le faire. Maintenant, donne-moi ton bras. J'ai quatre-vingt-sept ans et j'ai besoin d'aide dans ces vieilles rues.

— Tu n'es pas fatiguée ? On peut toujours retourner à l'hôtel.

Elle pouffe.

— Un petit truc à grignoter fera l'affaire.

Je poursuis le chemin vers la Tamise. Il y a beaucoup de monde puisque nous sommes dans le centre de la ville. C'est une journée parfaite pour sortir et visiter le coin. Il n'y a pas de soleil, mais il fait suffisamment chaud pour ne pas avoir froid. C'est mieux que Denver ces derniers jours. Espérons que le temps hivernal se dissipera d'ici notre retour à la maison et que nous pourrons profiter de l'automne.

La foule est parsemée de maillots de football. Aucune équipe ne se démarque, mais j'ai vu quelques maillots d'Alex Young parmi eux.

Nous passons le fleuve et nous dirigeons vers The Eye[1]. Il y a à peine moins de monde de ce côté de la Tamise.

— C'est dommage que personne ne t'ait reconnu, dit ma grand-mère en me serrant le bras. Je pensais que tu serais plus populaire ici.

— Tu essaies de me dire que personne ne m'aime ? je demande à ma grand-mère.

— Oh, tais-toi ! me coupe-t-elle. Je me disais seulement que je pourrais te trouver une gentille Anglaise à épouser.

— Vous essayez de marier Knox ? dit Frankie apparaissant soudain devant nous. Ses joues sont roses. Ses cheveux sont relevés en un chignon lâche au sommet de sa tête. Un pull trop grand cache ses formes, mais elle est sexy à souhait.

— Frankie ! Quelle bonne surprise de tomber sur toi ! dit grand-mère avant de lâcher mon bras et de la prendre dans les siens.

— Ça fait plaisir de vous revoir, dit-elle en me jetant un coup d'œil avant de regarder ma mère. Bonjour, je suis la coach de Knox, Frankie.

Elle lui tend la main.

— Shannon. Enchantée. Je suis contente de voir que vous êtes plus civilisée que mon fils.

Je lève les yeux au ciel.

— Peut-être que si tu m'avais donné plus de deux secondes, je t'aurais présentée.

---

1. La grande roue de Londres

— On a beaucoup entendu parler de vous, dit ma mère en m'ignorant.

Frankie ouvre grand les yeux en me regardant.

— Pas en mal, j'espère.

— Non, pas…

— Il dit que vous êtes la meilleure coach qu'il n'ait jamais eue, m'interrompt maman.

Le rose s'accentue sur les joues de Frankie.

— Maintenant je sais que vous mentez.

— Ça n'est pas un mensonge puisque c'est la vérité, dis-je d'un ton ferme.

Frankie est l'un des meilleurs entraîneurs que j'aie jamais eus. Encore plus que l'entraîneur des linebackers. Bien sûr, il est bon, mais Frankie connaît le football mieux que quiconque. Je sais qu'elle travaille plus dur pour faire ses preuves parce qu'elle est une femme dans un milieu d'hommes, mais ici, aucun entraîneur ne lui arrive à la cheville.

— Nous allions justement aller boire un thé. Vous voulez vous joindre à nous ? demande maman.

— Ah bon ? je demande.

Elle me regarde de travers.

— Oui. C'est ce que font les Britanniques, et nous sommes à Londres, me dit-elle comme si j'étais un idiot.

— Je ne voudrais pas m'imposer, dit Frankie.

Grand-mère lui fait signe de se taire avant de passer un bras sous le sien.

— Ne sois pas ridicule. Nous serions ravis de t'accueillir. Peut-être qu'on pourra amener Knox à parler d'autre chose que de football.

— C'est vous deux qui avez parlé de football plus que moi aujourd'hui.

— Oh chut, réplique Grand-mère. Bon, tu vas te joindre à nous. J'ai besoin de me dégourdir les jambes.

— C'est super. Je prendrais bien un peu de thé après avoir passé la journée dans le froid, dit Frankie en lui adressant un sourire chaleureux qui me fait un drôle d'effet.

Je les suis, ma mère à mes côtés.

— Y a quelque chose qui te rend heureux ?

— Qui a dit que j'étais heureux ?

— Je te connais. Tu luttes pour ne pas sourire. Tu ne le faisais pas quand nous étions tous les trois.

— Je ne sais pas de quoi tu parles.

Sauf que je sais exactement de quoi elle parle. Grand-mère est en train de discuter avec Frankie. Quel que soit le sujet dont elles parlent, Frankie se met à rire à gorge déployée. J'aime bien les voir ensemble.

Ma mère et ma grand-mère sont les deux personnes les plus importantes de ma vie. À part les gars, mon cercle d'amis est restreint. On ne sait jamais quelles sont les réelles intentions des gens à cause de notre statut dans la vie.

Frankie est l'une des rares personnes que j'ai laissées entrer dans mon cercle. Elle connaît les exigences de ce travail parce qu'elle le vit tous les jours.

— Tu fréquentes quelqu'un, Frankie ? demande ma grand-mère alors que nous entrons dans le salon de thé.

— Mamie ! Tu ne peux pas lui demander ça. Je vous jure, je ne peux emmener cette femme nulle part.

— Quoi ? dit-elle en haussant les épaules. Je fais juste la conversation.

— C'est bon, Knox, dit Frankie en me lançant un regard espiègle.

Putain, cette femme va me tuer.

— Je ne fréquente personne, Darlene. Vous connaissez quelqu'un ?

Ma grand-mère frappe dans ses mains tandis qu'une

hôtesse nous accueille et nous conduit à une petite table dans le fond. Je les suis en grognant.

— Attention, Knox, on voit tes dents.

Mon regard se porte à nouveau sur ma mère. Elle a un air entendu.

Maudites soient ces femmes de ma vie. Elles savent lire en moi comme dans un livre ouvert.

— Pourquoi tu es désagréable, Knox ? dit ma grand-mère.

Lorsque nous arrivons à la table, je tire la chaise pour elle, comme le gentleman qu'elle m'a appris à être, mais elle me repousse.

— Aide Frankie, plutôt, je peux me débrouiller.

Prenant une grande inspiration, je vais aider la femme en question avec sa chaise.

— Je peux ?

De si près, je peux voir les taches d'or dans ses yeux. Putain, c'est vraiment la plus belle femme qui soit.

— Tu peux, dit-elle en me faisant un clin d'œil.

Après l'avoir aidée à s'asseoir, je m'installe à mon tour. J'ignore les deux paires d'yeux qui se posent sur moi. Je ne veux pas voir les regards que m'adressent ma mère et ma grand-mère. Je choisis d'être lâche et je me concentre sur le menu qu'on m'a tendu pendant qu'elles parlent de tout et de rien.

Il va sans dire que si nous étions à la maison, je ne m'exposerais pas ainsi avec Frankie. À Denver, on me reconnaît presque partout. À Londres, les gens ne sont pas aussi fans de football américain que ça. Ils préfèrent leur foot à eux.

Ici, nous sommes tous les quatre dans un minuscule salon de thé, sans le moindre souci.

Le serveur passe et prend notre commande.

— Depuis combien de temps tu es entraîneuse ? demande ma grand-mère à Frankie.

— J'en suis à ma treizième année.

— Treize ans ? Ce n'est pas possible que tu sois aussi vieille !

— J'ai trente-cinq ans.

Grand-mère me regarde avant de se retourner vers Frankie.

— Pourquoi Knox fait-il plus vieux que toi ?

Frankie essaie de cacher son rire, mais n'y parvient pas.

— T'es sérieuse, mamie ?

— Quoi ? Les femmes vieillissent mieux. C'est un fait.

— Merci, c'est gentil.

La réponse de Frankie est beaucoup plus diplomatique que la mienne.

— Nous devenons aussi plus intelligentes en vieillissant.

— Je suis presque sûre que les hommes aussi, je marmonne.

— Maman, laisse Knox tranquille. Tu ne veux pas l'embarrasser devant sa coach, dit ma mère.

— Je crois qu'on a déjà franchi ce cap, maman, dis-je dans un murmure.

— Je suppose que c'est quelque chose que l'on apprend avec l'âge, dit Frankie en me souriant. On ne peut jamais empêcher sa famille de nous mettre mal à l'aise.

J'oublie toujours la différence d'âge entre nous, mais elle semble aimer me le rappeler.

Frankie est l'une des rares personnes qui soient proches de moi. Depuis le début, elle a toujours été là pour parler, et elle comprend ce que les joueurs traversent. C'est ce qui fait d'elle une si bonne entraîneuse. Même quand on ne sortait pas ensemble, j'allais toujours la voir pour lui demander des conseils.

Je lui fais confiance. Implicitement.

Deux théières sont déposées sur la table.

— Faites-moi savoir si vous avez besoin d'autre chose.

— Merci, dis-je en souriant au serveur tandis qu'il s'en va.

Maman verse du thé dans chacune des quatre tasses et lève sa tasse pour porter un toast.

— Eh bien, quelle merveilleuse journée ! Nous sommes tellement contents que vous vous soyez jointe à nous Frankie. À la victoire des Mountain Lions ! Santé !

Nous trinquons tous avec nos tasses et Frankie me regarde. Nous échangeons un sourire discret avant de siroter notre thé.

Un après-midi à Londres, avec ma mère, ma grand-mère et Frankie ?

C'est une merveilleuse journée, effectivement.

Chapitre Quatorze

KNOX

— Tu sais, tu n'es pas obligé de rester avec nous toute la soirée, dit maman alors que le taxi noir s'arrête sur le trottoir.

— Tu essaies de m'abandonner ? dis-je en riant.

— Tu serais fâché si on disait oui ? répond ma grand-mère en me tapotant la joue. On veut sortir et aller dans les clubs.

J'entends Frankie rire derrière moi.

— Je ne voudrais pas gâcher votre soirée. Je ne pense pas que les clubs soient prêts pour vous deux, dis-je en me tournant vers ma mère. Je suppose que c'est toi qui vas prendre les choses en main ?

— Je promets que nous rentrerons toutes les deux saines et sauves à l'hôtel. Maman m'a donné sa parole de scout. C'était un plaisir de vous rencontrer, Frankie.

— Moi aussi, Shannon, répond-elle.

Je les embrasse toutes les deux sur la joue.

— On se voit demain matin.

— Oui, mon grand. Amusez-vous bien et ne vous attirez pas trop d'ennuis.

Elles me font un petit signe de la main et ferment la porte derrière elles. Je fourre mes mains dans mes poches, je tourne les talons et me retourne vers Frankie.

Elle est resplendissante à la lumière des lampadaires.

— Tu veux prendre un taxi avec moi pour rentrer à l'hôtel ?

Frankie regarde autour d'elle.

— C'est une belle nuit. Tu veux marcher ?

Je traverserais la Tamise à la nage si cela me permettait de passer plus de temps avec elle. J'acquiesce.

— Tu apprécies ton séjour à Londres jusqu'à présent ? dit Frankie d'une voix calme, alors que nous nous dirigeons vers le bord de l'eau.

Il fait frisquet maintenant que le soleil s'est couché.

— Je crois que ma mère et ma grand-mère s'amusent plus que moi.

— C'est bien que tu aies pu les amener.

— Elles ont beaucoup sacrifié pour moi, alors je suis content de pouvoir faire quelque chose de gentil pour elles.

— Je suis sûr qu'elles ne voient pas les choses de cette façon. Elles t'aiment.

— Même si elles me donnent des maux de tête, j'admets en riant.

Frankie pointe du pouce derrière elle.

— Tu veux dire que tu ne voulais pas aller en boîte avec elles ?

Je gémis, me retourne et marche à reculons.

— Je ne veux même pas y penser.

— Tu crois vraiment qu'elles vont y aller ?

Je hoche la tête.

— Je n'en doute pas une seconde.

— Tu ne peux pas me dire que tu ne t'amuses pas.

Je m'arrête devant Big Ben.

— Je ne suis jamais venu ici, alors oui. C'est vraiment cool de pouvoir jouer ici.

Frankie colle son épaule à la mienne.

— Beaucoup d'équipes détestent venir ici.

— Ah bon ?

— Oh oui. La plupart des équipes viennent le vendredi, jouent, puis prennent l'avion pour rentrer chez elles. C'est beaucoup d'heures de vol pour un seul match.

— C'est un avantage de pouvoir passer du temps ici. Et puis nous avons notre semaine de repos après. Je pense que c'est un bon plan.

— N'oublie pas la soirée de gala de la semaine prochaine à laquelle nous devons tous nous rendre.

Je gémis.

— Je n'arrête pas de l'oublier. Je sais que c'est pour une bonne cause, mais je déteste porter un smoking.

Frankie me regarde de haut en bas.

— Vu comme tu es beau dans ton costume de jour de match, je pense que tu seras très bien.

— Tu as un partenaire pour ça ? dis-je d'un ton sec.

C'est en partie pour cette raison que je bloque sur l'événement. Tous les gars y vont avec leur partenaire. Je n'ai personne avec qui y aller. Pas lorsque je ne peux pas m'y rendre avec la seule personne que j'aimerais voir m'accompagner.

Je veux y aller avec la femme qui se tient à côté de moi. Je veux aller la chercher en voiture, comme un vrai rendez-vous, et pouvoir la montrer à tout le monde.

Et pour couronner le tout, elle sera là toute la nuit. Juste hors de portée.

Parce qu'on ne peut pas.

— Et toi ?

Je jette un œil autour de nous. Le trottoir est désert. Enfin, quasiment.

Je me rapproche, passe une de ses mèches qui s'était échappée derrière son oreille. Je laisse glisser mes doigts le long de son cou.

— Réponds d'abord à ma question.

Frankie écarquille les yeux et le bout de sa langue humecte ses douces lèvres.

— Non.

— Parfait.

— Ça veut dire que toi non plus ? dit-elle en relevant le menton.

— Non. Dans la mesure où je veux y aller avec toi seulement.

— Knox… l'exaspération dans son ton ne m'échappe pas.

— C'est vrai. Je sais bien qu'on ne peut pas y aller ensemble, mais ça ne veut pas dire que je n'en ai pas envie.

Frankie hésite, levant la main au-dessus de mon torse avant de la retirer. Je déteste que ça doive être comme ça. Qu'on ne puisse pas être ensemble comme tous ceux que je connais.

Au lieu de focaliser là-dessus, j'entrevois quelque chose. Une oasis pour nous deux.

— Viens !

— Où est-ce qu'on va ?

— Tu me fais confiance ?

Elle hoche la tête et nous nous rapprochons de l'attraction qui surplombe le fleuve.

— The Eye ?

Je souris et je m'avance dans l'allée déserte.

— Deux personnes ? demande l'homme au guichet.

— Est-ce que c'est possible d'avoir une… bulle, privée ? Je ne sais pas comment on appelle le truc en verre.

— Nacelle. Ça va te coûter bonbon, mon gars, dit-il avec un fort accent.

— C'est bon.

Je sors mon portefeuille et lui tends ma carte de crédit.

Il me sourit et passe la carte dans sa machine.

— On va s'occuper de vous là-bas.

Quelques personnes descendent et nous grimpons dans la nacelle suivante.

— C'est ça ta solution au fait de ne pas pouvoir aller à la soirée de gala ensemble ? dit Frankie en s'approchant des parois de verre alors que la porte se referme derrière nous. Être ensemble, camouflés par l'obscurité ?

— Ce n'est pas comme si j'avais l'intention de braquer des banques.

La nacelle se met en marche. La ville s'estompe tandis que nous commençons à nous élever au-dessus du fleuve. Je m'approche d'elle en posant mes mains sur la rambarde de chaque côté.

— Je veux passer du temps avec toi.

Cette fois, quand Frankie bouge, elle n'hésite pas. Ses mains se posent sur ma poitrine. Cela ne fait pas si longtemps que nous nous sommes vus, mais elle m'a manqué.

Au début de chaque nouvelle saison, je m'implique un peu plus dans cette histoire. Je me demande toujours ce qui se serait passé si nous n'avions pas échoué à Buffalo il y a quelques années. Serions-nous ici maintenant ?

Frankie est trop bien pour moi. Trop belle. Tout ce que vous voulez. Je ne joue tellement pas dans ma catégorie avec elle que ce n'est même pas drôle.

J'attends le jour où elle s'en rendra compte. Dieu merci, elle ne l'a pas encore fait.

— Je suis contente d'être tombée sur toi aujourd'hui.

Elle lève la tête. J'adore le fait qu'elle soit presque aussi grande que moi.

L'atmosphère est chargée entre nous alors que nous continuons à faire des cercles dans le ciel.

— Moi aussi je suis content.

Ma bouche est à un centimètre de la sienne, je la respire. Ses mains se resserrent sur ma chemise.

— Knox.

Je prends ça comme une permission et l'embrasse fougueusement. Je me fiche que nous ne fassions pas attention à ce qui se passe autour de nous.

La seule chose qui m'importe, c'est elle.

Putain.

Sa langue a le goût du thé sucré quand elle rencontre la mienne. Chaque glissement, chaque contact me fait durcir. Ce qui est gênant parce qu'il n'y a pas grand-chose que l'on puisse faire pour l'instant.

Je passe les mains dans ses cheveux. Le baiser devient plus pressant alors que nous commençons à arriver en bas. Je ne suis pas encore prêt à la laisser. Je veux rester ici avec elle, ses lèvres sur les miennes, et ne plus bouger.

Mais trop vite, nous nous séparons. Les lèvres de Frankie sont gonflées et humides. Je veux la ramener dans ma chambre d'hôtel et faire ce que je veux d'elle. Mais je ne peux pas. Pas avec un entraînement matinal demain.

Je recule, essayant de calmer le feu qui m'envahit. Frankie me regarde toujours avec la même passion.

Nous nous arrêtons. Les portes s'ouvrent.

L'homme de tout à l'heure est là pour nous accueillir.

— Vous avez apprécié la vue ?

Je souris alors que nous sortons de la nacelle.

— Le plus beau spectacle du monde.

Et je n'ai rien vu du tout.

Chapitre Quinze

KNOX

— Quand tu parlais de tourisme, je ne pensais pas que tu parlais de ça.

Les drapeaux de l'Union Jack sont suspendus dans la rue, mélangés au drapeau des Mountain Lions et à celui de Miami. La rue est pleine de monde. Les maillots des deux équipes sont représentés.

— On n'a jamais l'occasion de faire quelque chose de cool comme ça, dit Colin en regardant autour de lui, les yeux écarquillés et plein d'admiration. Je n'ai jamais quitté le pays. Pourquoi on ne pourrait pas voir la rue de la NFL à Londres ?

— Parce qu'il y a un million d'autres choses à voir à Londres ? lui dit Jackson.

Colin nous a fait sortir de l'hôtel, Logan, Alex, Jackson et moi, en prétextant qu'il voulait faire du tourisme.

Non pas que cela me dérange de ne rien voir d'autre. J'ai fait du tourisme hier avec ma mère et ma grand-mère, puis j'ai filé en douce avec Frankie. Si je ne vois rien d'autre, ça ne me dérangera pas.

— N'importe quoi. Peyton et moi avons fait tout ce que

nous voulions faire hier. En plus, elle travaille avec la ligue sur des trucs de jeu.

Alex secoue la tête tandis que nous nous faufilons dans la foule. Quelques personnes nous ont arrêtés, mais pas beaucoup.

— Deux jours à Londres et tu es prêt à emménager ici.

— Waffles adorerait Londres.

— Tu sais que la ligue n'a pas d'équipe à Londres, n'est-ce pas ? lui demande Alex.

Colin y réfléchit.

— Peut-être que je pourrais créer ma propre équipe quand je prendrai ma retraite.

Je m'esclaffe.

— Il n'y a aucune chance que tu aies assez d'argent pour monter ta propre équipe.

— Peut-être que je deviendrai juste directeur général et que je déplacerai mon équipe ici.

Il se laisse emporter par ses pensées.

— Tu ne voulais pas emmener Carter ? je demande à Alex alors que nous nous enfonçons davantage dans la foule.

Son visage prend un air triste.

— J'aurais bien aimé, mais ça ne collait pas avec son travail et il ne pouvait pas partir.

— C'est carrément nul.

— Comme tu dis. Je lui ai dit qu'on pourrait revenir cet été.

— Ça doit être sympa d'avoir des vacances d'été.

Alex me regarde de travers.

— Nous aussi on a une période hors saison, non ?

Je lui renvoie le même regard de travers.

— Oui, mais durant cette période on a seulement que quelques semaines de libres. Ne me dis pas que tu ne t'entraînes pas chaque jour de repos.

— D'accord, mais je ne veux pas ne pas être prêt pour le début de la saison.

Je ne peux que me moquer de lui. Alex est l'exemple même du joueur de football dévoué. À tel point qu'il a caché sa vraie nature pendant des années. Je ne sais pas si j'aurais eu le même dévouement pour le jeu que lui.

— Regardez, les gars ! dit Colin en pointant du doigt devant nous.

Au milieu de la route, une compétition d'adresse est organisée. Des enfants lancent des choses dans des cibles. Des adultes essaient de frapper un ballon de football dans un but plus petit que la normale.

Et Colin sourit comme un gamin à Noël.

— Oh, non, s'il te plaît, je grommelle.

— Colin, c'est pour les fans, lui dit Alex d'un ton détaché. Pas pour toi.

— Oh, allez ! Ce ne serait pas amusant de voir qui est le meilleur d'entre nous ?

Il tend les bras et commence à marcher à reculons vers l'entrée.

— Je suis partant. Je vais vous botter le cul à tous, dit Logan en levant la main en l'air.

— Ne l'encouragez pas, s'il vous plaît, supplie Alex.

— Vous vous rendez compte qu'il n'y a pas de place pour toutes nos positions, fais-je remarquer. Je ne vois pas de mannequins de plaquage.

— Parce qu'il n'est pas difficile de plaquer, idiot, dit Colin en me donnant une tape sur l'épaule.

— Et pourtant, je ne pense pas que tu serais capable de te battre contre un gardien quand ça arriverait.

— Je peux donner des cours à vous tous, les gars, quand il s'agit de réussir un *field goal,*[1] dit Jackson en souf-

1. Field goal, technique pour passer le ballon entre les poteaux

sur ses ongles et en les brossant sur son épaule.

Colin le montre du doigt.

— Ça, je n'en doute pas.

Jackson nous adresse un sourire amusé.

— C'est pour ça que je ne ressens pas le besoin de m'impliquer dans ce truc, dit-il en balayant l'espace autour de nous de sa main. Je serai juge, cependant.

— Parfait, dit Colin en se frottant les mains. Maintenant, allons-y, Knoxy. Je suis prêt à montrer mes talents d'attrapeur. Je vais peut-être te donner une bonne leçon.

— Sans déconner, Sherlock. Bien sûr que tu seras meilleur à la réception puisque tu es un receveur !

Une petite foule a commencé à se rassembler autour de nous.

— D'accord, d'accord, dit Colin en regardant autour de lui et en trouvant un gamin avec un maillot d'Alex Young. Hé, tu crois que tu sais attraper ?

Le gamin a l'air sous le choc.

— Moi ?

— Qu'est-ce que tu en dis ? Tu penses que tu peux battre Knox ? dit Colin en me donnant un coup de coude sur le côté.

Il hoche vigoureusement la tête.

— Oui.

Colin penche la tête d'un côté à l'autre, faisant craquer son cou.

— Tu vas tomber, Fisher.

— Ce gamin est probablement plus mature que vous deux réunis, dit Alex en levant les yeux au ciel.

— Je peux le battre ! lance le gamin.

— Alex, tu crois que tu peux lui lancer le ballon pendant que je lance à Knox ?

— Attends ! dis-je en empêchant Colin d'aller sur le

mini terrain en lui mettant la main sur la poitrine. Tu vas tout faire foirer pour que je perde.

— Je ne ferais jamais une chose pareille, dit Colin en souriant d'un air diabolique.

— Hors de question, dis-je en secouant la tête. Logan, tu me fais les passes.

— Tu es sûr de vouloir prendre ce pari, Fisher ? dit Colin en fronçant les sourcils.

— Vous n'avez pas vraiment fait de pari, les gars, fait remarquer Jackson.

— Excellente remarque, Fields. Je croise les bras et me tourne vers Colin. Qu'est-ce que ce sera, James ?

Il tapote les doigts sur son menton, en réfléchissant à quelque chose.

— Les gars, rappelez-vous que nous ne sommes pas les seuls ici, dit Alex en regardant autour de lui.

Quelques personnes portant des maillots des Mountain Lions se tiennent maintenant près de nous, leurs téléphones braqués sur nous.

— Pas de conneries, d'accord ?

— Le perdant doit payer une tournée au pub. Ça te va, papa ? dit Colin en reportant son attention sur Alex.

Il sourit comme un idiot. Je sais qu'il est tout content à l'idée de devenir père.

— J'approuve.

— Je suppose que c'est Colin qui va payer alors, dis-je en me glissant sous la barrière pour entrer dans le petit champ.

Le gamin qui nous attend est radieux.

— Bonjour, M. Fisher. Je m'appelle Joey.

— Salut, Joey. Tu peux m'appeler Knox. C'est Alex ton joueur préféré ?

Il regarde le maillot qu'il porte.

— C'est celui de mon grand frère. C'est vous mon préféré.

Je lui tends la main pour qu'il tape dedans. Il se lève d'un bond pour s'exécuter. J'ébouriffe ses cheveux bruns et je m'aligne en face de lui et de Logan.

— Tu as bon goût. Tu crois que tu vas me battre ?

Il hoche à nouveau la tête.

— Je suis receveur et running back dans mon équipe de flag football chez moi.

— Mince, Alex a du pain sur la planche !

Alex fait des moulinets avec ses bras.

— Il va te faire passer pour un crétin.

— Oooh ! Alex qui parle mal ! souffle Colin sur le côté. C'est parti, les gars.

— Lance-moi un bon coup, Logan. Je le pointe du doigt en m'avançant sur la ligne. Bonne chance, petit.

Nous partons tous les deux en courant tandis que Logan et Alex lancent leurs passes sur le terrain. Joey attrape celle d'Alex avec facilité alors que je dois me pencher bas, tandis que la balle bancale de Logan me file entre les doigts.

— Je t'ai battu ! Joey applaudit tandis qu'Alex descend pour le féliciter. Yess ! Il serre le poing en l'air.

— Tu pourrais être le prochain Colin James.

Il est radieux.

— Vous voulez bien signer mon ballon ?

— Bien sûr !

Quelqu'un lance un marqueur depuis la ligne de touche et nous griffonnons tous nos signatures sur le ballon.

— C'est trop cool ! Merci.

Joey se précipite pour le montrer à ce que je suppose être sa famille.

— Tu sais ce que ça veut dire, Knox ? dit Colin en entrant sur le terrain.

— Je sais, je sais. C'est moi qui paye les verres ce soir.

Colin passe un bras autour de mes épaules.

— Oh, c'était une évidence. Je t'ai déjà vu essayer d'attraper un ballon et tu es nul.

Je lui lance un regard mauvais.

— Où est-ce que tu veux en venir, alors ?

— Heureusement que tu ne joues pas en attaque, sinon on serait derniers de la ligue.

— Dieu merci, putain !

Chapitre Seize

KNOX

— Putain, on se gèle ici, gémit Logan derrière moi.

— Tu sais qu'on joue à Denver, non ? Je demande en étirant mes muscles froids. Je fais de la buée en parlant.

— Il était censé faire plus chaud, ici.

Je souris. C'est une journée nuageuse et froide. Le genre de journée où j'aime jouer. Wembley est rempli de fans aujourd'hui. Ce sera un match plein d'énergie, sans aucun doute.

— Tu veux aller t'asseoir à l'intérieur près du feu ? Peut-être une tasse de thé ? dis-je, la lèvre inférieure en avant, pour me moquer de Logan.

— Va te faire foutre, Knox dit-il en riant et en me bousculant gentiment.

— On joue contre Miami aujourd'hui. Ils ne savent probablement pas à quoi ressemble ce temps froid.

— Ça va être un bon match aujourd'hui dit Logan en tendant un bras au-dessus de sa tête.

— Tu es prêt ?

Logan a enfin l'occasion de commencer un match. Il

est dans cette ligue depuis assez longtemps, et c'est difficile quand on est le remplaçant d'un des meilleurs running backs de la ligue.

Je connais ce sentiment. Les premières années, j'ai joué les seconds rôles pour Roberts, en intervenant sur les troisièmes essais et à chaque fois qu'il devait s'absenter pour cause de blessure.

— Plus que prêt, oui, putain ! dit-il en commençant à faire des levés de genoux. Mais j'ai aussi l'impression que je pourrais vomir. C'est normal, non ?

— Je suis presque sûr d'avoir vomi juste avant d'entrer sur le terrain la première fois. C'était pas terrible comme entrée, mais on a gagné.

— Je veux gagner ce match plus que tout.

Je lui fais un signe de tête.

— Joue ton jeu. C'est tout ce que tu peux faire.

— T'as toujours été aussi zen ?

Je m'assieds sur le terrain et je commence à étirer mes quadriceps.

— Ça vient avec l'âge, je suppose, dis-je en lui faisant un clin d'œil, tandis qu'Alex et Colin nous rejoignent.

— Qui c'est qui est vieux ? demande Colin en me tapant dans le dos avant de s'asseoir à côté de moi.

— Personne n'a dit ça.

— Tu t'es traité de vieux, rétorque Logan.

— Ooh, tu veux un patch d'analgésique pour calmer la douleur ? Je suis sûr que ta grand-mère peut t'en filer un, dit Colin en riant à côté de moi.

— Sérieux, comment fait Peyton pour te supporter des fois.

Colin agite un sourcil en me regardant.

— Tu veux vraiment savoir ?

Je fais la grimace.

— Non merci, sans façon.

— Il me semblait bien. Elle aime mon gros…

— Ne finis pas cette phrase, s'il te plaît, dit Alex en mettant les mains en avant. Je vous aime tous les deux et je ne veux vraiment pas savoir.

Colin secoue la tête.

— J'allais dire mon gros charisme. Il faut vraiment que vous pensiez au-dessus de la ceinture vous deux.

— Oui, car bien sûr c'est nous qui avons l'esprit mal placé, dis-je en levant les yeux au ciel.

Un ballon est lancé dans notre cercle, Colin l'attrape sans difficulté.

— J'étais un petit joueur de football innocent quand j'ai rejoint cette ligue. C'est vous deux qui m'avez corrompu.

Je me mets à rire.

— J'avais besoin de rire un bon coup, dis-je en essuyant une fausse larme. Je ne pense pas que tu aies été innocent un jour.

Colin me sourit, tandis qu'Alex essaie de ne pas rire.

— C'est moi qui te fais un doigt d'honneur dans ma tête.

Je lui retourne son sourire.

— Comme tu veux, Colin. Comme tu veux.

— Il est temps d'arrêter les bavardages, mesdames, dit Frankie qui a surgi de nulle part derrière moi. Fisher, j'ai besoin que tu fasses quelques étirements avec Newman. Il est un peu tendu aujourd'hui.

— Bien sûr, Coach.

Mes genoux se plient et craquent quand je me lève.

— Il ne faut pas la faire attendre, dit Alex en agitant les sourcils. Elle t'a déjà dans le collimateur.

— Sages paroles, Young.

Collimateur, mon cul. Après les derniers jours passés ensemble, je suis tout sauf dans son collimateur. Je la regarde marcher vers le reste de la défense, avec ses fesses toujours aussi délicieuses dans le jogging qu'elle porte.

Je n'avance pas vite, profitant de la vue que j'ai d'elle alors que je me dirige vers Newman.

— Comment tu te sens ? je lui demande en m'approchant de lui.

— Pas mal.

— Qu'est-ce qui te fait mal ?

— Qu'est-ce qui ne fait *pas* mal à ce stade ? ricane-t-il.

Il n'a pas tort. À ce stade de la saison, les douleurs sont constantes et ne disparaissent jamais vraiment.

— Veille à prendre des pauses dans tes séances d'entraînement et à consulter les entraîneurs. Crois-moi, c'est comme ça que j'arrive à affronter la saison.

Les débutants ne veulent jamais admettre qu'ils ont mal quelque part. Ils ne veulent pas être perçus comme des faibles, car ils ne veulent pas être licenciés avant d'avoir atteint la saison régulière. J'étais comme ça avant. Je me poussais à fond. Ce n'est qu'après avoir passé des années dans cette ligue que j'ai appris à mieux prendre soin de mon corps.

Une chose que j'ai également apprise de Frankie lors de cette soirée fatidique où nous nous sommes rencontrés pour la première fois.

Newman et moi faisons nos étirements alors que les tribunes commencent à se remplir. Les joueurs de Miami s'échauffent de l'autre côté du terrain. J'en reconnais quelques-uns. Après avoir passé autant de temps dans la ligue, on commence à se faire des amis parmi les joueurs des autres équipes.

Peut-être pas des amis, mais des connaissances.

Après tout, ce sont les seules personnes qui savent ce que c'est que d'être dans la ligue et ce que cela implique pour votre corps.

— Très bien, les gars. Il est temps d'aller vous changer, annonce Frankie.

Son bonnet est bien serré, ses cheveux tombent sur ses épaules. Le vent qui souffle maintenant dans le stade a rendu ses joues toutes roses.

Elle est vraiment adorable.

Je marche un pas derrière elle alors que nous nous dirigeons vers les vestiaires. Elle discute des tactiques de jeu avec l'entraîneur des linebackers.

Il n'y a rien de plus sexy que de l'écouter parler de football. Ma petite amie du lycée n'aimait rien de plus que de porter mon maillot lors de la journée des étudiants. Mais quand j'essayais de parler du match avec elle, ses yeux se voilaient et je la perdais.

Pas Frankie.

Il y a une raison pour laquelle elle a obtenu ce poste. La façon dont elle peut commander les linebackers avec de nouveaux joueurs me motive comme jamais.

C'est comme une drogue de l'écouter parler de football.

J'enfonce mes mains dans la poche kangourou de mon sweat-shirt pour essayer de garder mon problème pour moi. Un mur de chaleur me frappe lorsque j'entre dans le vestiaire.

C'est pas vrai. Il fait beaucoup plus froid que je ne le pensais. Les coups seront d'autant plus durs à porter aujourd'hui.

— Tu es prêt à y aller, Knox ? me demande Alex quand je reviens à mon casier.

— Oh que oui. Ça va être un bon match.

— Ils ont un bon nouveau running back. Il paraît que c'est un monstre.

Je secoue la tête.

— Ce ne sera pas un problème pour moi.

— Mieux vaut toi que moi. Ils ont dit qu'il pouvait soulever plus de 130 kilos, dit Alex en secouant la tête. Il pourrait courir avec toi sur le dos.

Je le fais taire d'une main tout en retirant mes vêtements d'entraînement et en enfilant mes protections.

— Je m'occupe de lui.

— Tu as regardé toutes les vidéos sur lui hier soir ? dit Colin en enfilant son maillot par-dessus sa tête.

— Tu sais bien que oui. Frankie exige la perfection.

— Tu regardes plus de vidéos en un week-end que moi en une saison, dit Colin.

Je lui adresse un sourire amusé.

— Peut-être que ça veut dire que tu devrais regarder plus de vidéos.

— Aïe, dit Colin en posant la main sur son cœur. Tu m'en vois offusqué.

— Je suppose que ça veut dire que je suis le meilleur joueur, dis-je en lui faisant un clin d'œil.

— Oooh. La guerre est déclarée, dit Logan en regardant d'un côté et de l'autre.

— Tu ne pourrais pas attraper une passe de touchdown dit Colin en croisant les bras.

Alex se tient maintenant entre nous deux, les yeux dans le vague.

— Et on n'a jamais vu si tu étais capable de mettre à terre un linebacker de 130 kilos.

— Et je parie qu'aucun d'entre vous n'est capable de marquer un but de cinquante mètres avec un vent de quinze kilomètres-heure, ajoute Jackson. Vous vous disputez toujours pour savoir qui est le meilleur ?

— Oui, répondons-nous en même temps.

— Très mature, dit Alex.

— Je n'y peux rien si je suis le meilleur receveur de la ligue, dit Colin en me faisant un sourire suffisant.

— Tout comme je n'y peux rien si je suis le meilleur linebacker.

— Est-ce qu'on peut en finir avec ce concours de celui qui pissera le plus loin ? dit Alex en me passant un bras par-dessus l'épaule. Vous êtes tous les deux les meilleurs.

— Et moi ? demande Logan. Est-ce que je suis le meilleur running back ? dit-il, battant des cils en regardant Alex.

— Oh, putain, pourquoi vous avez commencé vous deux ? se plaint Alex.

— C'est pas moi, répond Colin, c'est Knox qui a commencé.

— Si ça ne vous dérange pas messieurs, peut-être que vous pourriez poursuivre cette querelle une autre fois ? dit le coach Brooks en arrivant derrière nous. Et moi qui croyais qu'Alex pouvait vous faire tenir à carreaux.

— Ils ont besoin d'une baby-sitter à temps plein, répond-il. C'est pas moi qui vais le faire.

— Bon, allons-y.

L'entraîneur Brooks entre au centre du vestiaire. La musique du stade résonne dans l'espace.

— Ce sera un match difficile, les Mountain Lions. Miami est une équipe solide cette année. Ils ont un nouveau running back formidable et il ne va pas se laisser faire. La défense aura fort à faire.

Je me tourne vers Colin en lui disant silencieusement qu'*heureusement je suis le meilleur.* Il lève les yeux au ciel.

— Nous avons une bonne attaque et je sais que nous allons sortir d'ici et faire ce qu'on a à faire. Jouez fort. Jouez vite. Jouez intelligemment. Finissons la période avec une victoire.

Je prends sa place, m'avançant vers le centre de la salle. Le vestiaire est plus petit ici, il a été conçu pour les joueurs de football et non pour les footballeurs américains avec leurs protections surdimensionnées.

— Vous avez entendu le coach, dis-je. Jouez fort. Jouez vite. On crie famille à trois... un, deux, trois...

— Famille ! Le cri résonne autour de moi alors que nous commençons à sortir des vestiaires et à entrer sur le stade. La défense se précipite sur le terrain alors que l'attaque de départ est annoncée.

L'air est chargé d'excitation autour de nous à l'approche du coup d'envoi. Même si nous sommes considérés comme l'équipe locale, aucune des deux équipes n'est avantagée. Aujourd'hui, les supporters de toutes les équipes sont représentés.

Si c'est une victoire, l'équipe sera solidement installée à la première place de la division.

Là où nous voulons être.

Alex, Colin, Jackson et moi nous dirigeons vers le milieu du terrain pour le tirage au sort.

— Le meilleur des meilleurs est là, dit Coline en me donnant un coup de coude et en me faisant un grand sourire.

— Putain, c'est vrai, dis-je en lui adressant le même sourire. Personne d'autre n'est comparable.

— Dieu merci, c'est fini, dit Alex en riant alors que nous rejoignons les joueurs de Miami et leur serrons la main.

Gagnant le tirage au sort, nous reportons la deuxième mi-temps et je me prépare à entrer sur le terrain. Il n'y a rien que j'aime plus que de marquer un arrêt défensif solide pour commencer le match.

Notre *punter* donne le coup d'envoi, et le ballon se retrouve dans la zone d'en-but, tandis que j'attrape mon casque et entre sur le terrain.

Miami s'aligne. Leur attaque a l'air forte, devant leur quarterback et leur running back.

Alex ne plaisantait pas. Ce type est énorme. Ses biceps semblent plus gros que mes cuisses.

Le ballon est lancé et nous nous mettons tous en action. Les défenseurs reculent tandis que je me dirige vers le quarterback, en m'éloignant du gardien. Il reçoit le ballon avant que je ne puisse l'atteindre.

Leur receveur ne va pas loin, nos défenseurs le faisant tomber trois yards après la ligne de mêlée.

C'est ce que j'aime dans notre défense. Tous les membres travaillent ensemble pour empêcher les autres d'avancer sur le terrain.

Deux arrêts supplémentaires et Miami quitte le terrain. Le public hurle de joie.

— Super boulot, les gars ! nous crie Frankie, alors que nous nous dirigeons vers le banc. C'était une bonne façon de commencer le match.

Ses yeux parcourent le banc, s'arrêtent sur les miens un instant avant de regarder ailleurs.

Je n'ai pas manqué l'éclat dans son regard. Elle ne peut cacher sa fierté devant l'exécution de nos tactiques.

Alex et ses coéquipiers avancent sur le terrain avec aisance. Un lancer par-ci, un long run de Logan par-là et nous sommes dans la zone d'en-but.

— Putain, ouais ! je crie en levant la main pour que Newman tape dedans.

— Alex donne l'impression que c'est facile.

C'est vrai. Mais nous connaissons tous la quantité de travail qu'il met dans son jeu. Sauf que, pour la première fois, le jeu est passé au second plan pour lui. Il a enfin quelqu'un qui lui permet de se concentrer sur autre chose que ça.

Mais personne ne le sait. Maintenant, il se contente de visionner les vidéos avec Carter à ses côtés.

Le fils de l'entraîneur. Qui l'aurait cru ?

J'attrape mon casque et me prépare à retourner sur le terrain en courant. Jackson réussit l'extra point.

— Ils vont devoir corriger leurs erreurs sur ce premier essai, dit Frankie en s'approchant de nous. Nous sommes serrés au milieu, mais faites attention aux côtés.

Je hoche la tête, retournant sur le terrain en trottinant.

— Newman, surveille ta gauche.

Je lance le jeu alors que Miami commence à s'éparpiller, changeant la donne sur la ligne.

Ils se déplacent rapidement, font claquer le ballon et le passent au running back. Il se dirige droit sur moi. Je baisse mon épaule, prêt à le frapper pour le mettre à terre.

Mais il est plus rapide. Il se jette de tout son poids sur moi et me passe dessus. La force du coup m'arrache du sol et me projette sur le terrain froid, dur et impitoyable.

J'en ai le souffle coupé.

Je lutte pour prendre une profonde respiration.

Bordel de merde.

— Ça va, Knox ? dit Newman en apparaissant au-dessus de moi. C'était un sacré coup.

Je me mets en position assise, mon dos me fait mal.

— Merde.

Le personnel médical entre sur le terrain. Tout me fait mal.

J'ai déjà reçu des coups terribles, mais celui-là n'était pas une blague.

— Comment tu te sens ? demande Paige, notre secouriste, en se mettant à genoux devant moi.

— Je viens de me faire couper le souffle, dis-je en tendant la main vers Newman qui m'aide à me relever. Mais ça va.

— On va s'en assurer. Sur le banc.

Je me dirige vers la ligne de touche avec plus de précautions que je ne voudrais l'admettre.

Putain. Cela faisait longtemps que je n'avais pas pris un tel coup. Si l'on atterrit mal suite à un coup, on peut nous mettre hors-jeu pour plusieurs semaines.

— Tu vas bien ? me demande Frankie alors que je passe devant elle.

Ses yeux sont remplis d'inquiétude.

— Ça va.

L'entraîneur me dirige vers la tente médicale bleue. En m'aidant à enlever mes protections, ils inspectent mes côtes.

— Je n'ai pas l'impression de m'être cassé quelque chose, dis-je au médecin de l'équipe.

Ses mains appuient sur la zone touchée pour m'examiner.

— Nous allons les envelopper pour être sûrs.

Le temps que je me rhabille et que je sorte de la tente, Miami a égalisé. Merde !

— Tu es prêt à y retourner ? demande Frankie.

— C'est bon.

Elle m'observe un instant avant de se replonger dans le match. Notre équipe est de retour sur le terrain, mais elle n'arrive pas à dépasser la ligne des trente yards.

Frankie s'approche de moi, assise sur le banc à côté de Newman.

— La course fonctionne bien pour eux. Vous êtes la première ligne de défense. Ne les laissez pas se déchaîner sur nous aujourd'hui. C'est compris ?

— Compris, lui dit-on tous les deux.

Mais c'est exactement ce qu'ils font. Miami mène la barque tout le match. Quoi que je fasse, je n'arrive pas à atteindre leur gars. Je n'arrive pas à le mettre à terre.

Chaque coup manqué me fait me relever un peu plus lentement. Le premier coup m'a mis sur le cul, et c'est comme si je n'arrivais pas à revenir au niveau auquel j'ai l'habitude de jouer.

Notre défense n'est pas à la hauteur de leur running back. Il nous domine sur près de 200 yards et deux touchdowns.

Au lieu de quitter Londres avec une victoire, nous perdons. 41-24.

C'est gênant.

J'ai laissé tomber mon équipe. Maintenant, nous devons aborder la semaine de repos avec une défaite.

Parfois, le football c'est vraiment nul.

Chapitre Dix-Sept

KNOX

— Encore du bourbon, quelqu'un ? Colin tend la bouteille pour nous en servir à nouveau. Tout le monde secoue la tête, mais je tends mon verre.

— Oui, merci.

Je vais en avoir besoin si je veux affronter cette soirée.

Le fait d'être ici, avec mes amis les plus proches et leurs partenaires, me fait comprendre que je suis le seul célibataire qui reste. Je veux passer la soirée au bras de Frankie. La montrer à tout le monde, mais je ne peux pas.

— Pourquoi tu ne voulais pas que je t'arrange un coup avec Ashley ? demande Tenley. Vous seriez tellement mignons ensemble.

— Tenley, laisse-le tranquille, dit Jackson en passant un bras autour de ses épaules avant de la serrer contre lui. Profitons de notre soirée.

— Dans ce cas, mon cher mari... on devrait peut-être profiter de la limousine de Colin et boire du bourbon.

— Vous n'avez pas le droit de batifoler dans la limousine ! dit Colin en les pointant du doigt. C'est dégueulasse. Tout simplement dégueulasse.

— Il y a aussi cinq autres personnes qui viennent avec nous, Colin, dit Peyton d'un ton exaspéré.

— Où est Logan ce soir ? je demande, remarquant qu'il n'est toujours pas là.

— Il a obtenu une permission spéciale. Il a dit qu'il devait rentrer à la maison plus tôt qu'il ne l'aurait voulu, répond Peyton en prenant sa veste pour l'enfiler.

— Tout va bien ? je demande.

Logan est plus bavard que tous ces gars réunis. Ça ne lui ressemble pas de ne pas nous dire les choses.

— Oui, tout va bien. Il avait juste des yeux de chien battu. Il voulait ramener sa petite amie à la maison avant le début des épreuves olympiques ou quelque chose comme ça.

— Ooh… Qui aurait cru que ma copine était si sensible, dit Colin en déposant des baisers sur tout le visage de Peyton.

— Knox, tu ne veux pas être son partenaire ce soir ? dit Peyton en essayant de le repousser tout en riant.

— Je ne sais pas si Colin pourrait encaisser tout ça, dis-je en agitant une main devant moi et en lui adressant un clin d'œil.

— Comment fais-tu pour supporter ces ego ? dit Carter en souriant et en se tournant vers Alex.

— C'est parce que je t'ai à la maison, répond Alex en déposant un baiser sur ses lèvres.

— C'est à ça qu'on ressemble ? demande Tenley en chuchotant à Jackson, mais nous l'entendons tous.

— Vous êtes tous comme ça, dis-je avant que quelqu'un d'autre ne le fasse.

— Darlene doit vraiment te trouver quelqu'un. Il faut que tu t'envoies en l'air pour relâcher toute cette tension.

— Si tu savais, Colin. Si tu savais…

Sauf que ça fait quelques semaines que Frankie et moi

nous ne nous sommes pas vus. Nous n'avons pas eu de rendez-vous à Londres parce que notre emploi du temps était trop serré.

Et avant ça ? Quand elle avait pris ce coup.

C'est comme si j'avais entraîné mon corps à attendre avec impatience les samedis soirs. Chaque fois qu'on est ensemble, on se sent bien. Comme si on pouvait être ensemble pour de bon.

Mais le lendemain, elle me crie dessus depuis la ligne de touche, et je sais que notre histoire n'est pas possible.

Même si j'ai extrêmement envie d'être avec elle.

Colin s'apprête à répondre, mais Peyton lui coupe la parole.

— La limousine est là.

— Il y a une raison pour que tu aies fait chauffer la carte bleue pour une limo ce soir ? demande Alex en ajustant sa cravate alors que nous nous entassons tous dans la voiture.

— Je ne voulais pas que quelqu'un ait à s'inquiéter de rentrer chez lui ce soir.

— Malin.

Je m'installe sur un siège, poussant un soupir de soulagement. J'ai passé une radiographie de mes côtes pour m'assurer que rien n'était cassé, mais elles sont encore un peu douloureuses.

Le trajet est rapide jusqu'à l'hôtel Four Seasons, où se déroule la soirée. Nous collectons des fonds pour l'hôpital pour enfants de la ville, et l'endroit chic permet aux organisateurs de facturer davantage pour l'événement et de faire venir des donateurs fortunés.

— N'oubliez pas que vous devez tous bien vous comporter, dit Peyton en regardant chacun d'entre nous alors que nous nous entassons dans le petit ascenseur.

— Nous ? On se comporte toujours bien ! je lui réponds.

— Bien sûr, dit Peyton en levant les yeux au ciel. Mais ne me rendez pas la tâche plus difficile demain.

— Je m'assurerai de les faire filer droit, dit Colin en nous jetant un coup d'œil à tous et en s'arrêtant sur moi.

— Quoi ? Je lève les mains en l'air alors que l'ascenseur sonne à notre étage. Je ne vais pas m'attirer d'ennuis.

— Bien sûr que non, rétorque Colin en me donnant une tape, alors que nous sortons tous de la cabine.

Le temps étant redevenu plus automnal, l'événement se déroule à l'extérieur, sur la terrasse de la piscine. Le bruit de la ville est moins fort ici. Des guirlandes lumineuses sont suspendues un peu partout. Une épaisse couverture en verre est posée sur la piscine et les gens se tiennent debout dessus. Des serveurs portent des coupes de champagne et nous en offrent une chacun. Des gens en costumes et robes de luxe se mêlent aux autres.

— Oh, la vache, ça a l'air génial, Peyton, dit Colin en déposant un baiser sur ses joues rougissantes.

— Tu as fait du bon boulot, Peyton, vraiment, lui dit Alex en guise de compliment.

— Je te remercie. Je n'étais pas toute seule.

— Ne la laisse pas te raconter des bêtises, c'est elle qui a tout fait, dit Colin.

Les gars se lancent dans une conversation sur la beauté des lieux, tandis que mes yeux s'égarent. Je sais que Frankie vient ce soir, mais je ne l'ai pas encore vue.

Je sirote mon verre tout en discutant avec des gens qui viennent me voir et qui veulent revenir sur le match du week-end dernier.

Je suis poli, je les remercie pour leurs conseils sur la façon dont je peux mieux frapper. Le seul inconvénient des fans de football, c'est que tout le monde croit en savoir plus que vous.

J'aperçois l'entraîneur Jenkins et je me dirige vers lui.

— Fisher. Comment ça va les côtes ?

— Bien.

Il rit.

— Comme un joueur de football. Tu ne diras pas aux gens ce que tu ressens vraiment.

— Elles seront comme neuves après la semaine de repos.

— Qu'est-ce qui sera comme neuf ?

La voix douce de Frankie me surprend et je me retourne pour la voir.

Merde, oh merde.

Je crois que je ne l'ai jamais vue aussi belle. Ses cheveux tombent en boucles sur ses épaules. Elle est maquillée et elle porte une robe rouge qui épouse ses moindres formes.

— Ses côtes, répond l'entraîneur Jenkins en me donnant un coup de coude sur le côté qui me ramène au présent.

J'espère que je ne bave pas.

Parce que putain... je n'arrive pas à oublier à quel point Frankie est sexy actuellement.

— Elles te font toujours mal ? demande Frankie, une coupe de champagne à la main.

— Comme je l'ai dit à l'entraîneur, elles seront comme neuves après la semaine de repose.

— Tant que tu te reposes, répond Frankie en me regardant d'un air entendu.

— Je n'ai rien de prévu pour la semaine prochaine, à part me reposer sur le canapé.

— Pourquoi je n'y crois pas ? demande Jenkins.

— OK, peut-être quelques entraînements légers, mais c'est tout.

Mes yeux se tournent à nouveau vers Frankie. Je n'arrive pas à me rassasier d'elle. Je ne pense qu'à elle dans cette robe.

Je reporte mon regard sur Jenkins, pour ne pas me faire remarquer en la regardant.

— Vous avez entendu la nouvelle ? dit l'un des entraîneurs en s'approchant de nous.

— Quelle nouvelle ? Je finis mon verre et j'en prends un autre à un serveur qui passe.

— New York a viré sa coach des receveurs.

— Qu'est-ce qui lui est arrivé ? demande Frankie.

Frankie sait qu'il s'agit d'une autre femme, sachant qu'elles ne sont que trois au total dans la ligue.

Enfin, deux maintenant.

— On l'a surprise en train de coucher avec un des joueurs.

Merde. Ça ne sent pas bon.

— Ah bon ?

La façon dont la voix de Frankie a changé ne m'échappe pas.

— Ça a fait un petit scandale.

— J'imagine, marmonne-t-elle.

Je lui jette un rapide coup d'œil et elle est pâle comme un fantôme.

— Heureusement que tu n'as pas à t'inquiéter pour ça, Frankie, dit Jenkins en lui donnant un coup d'épaule. C'est comme si tu étais un gars parmi les gars.

— Oui, heureusement, répond-elle avec un rire forcé, dit-elle avant de vider le reste de son verre. Je vais en prendre un autre, dit-elle, si vous voulez bien m'excuser.

Elle disparaît plus vite que jamais.

— Qu'est-il arrivé au joueur ?

— Qu'est-ce que tu crois ? Rien. Ou s'il lui est arrivé quelque chose, ils ne nous le diront pas.

Deux poids, deux mesures, comme d'hab. Je n'imagine même pas ce qui peut se passer dans la tête de Frankie actuellement.

— Je vais me chercher un autre verre.

— Fais en sorte de te reposer ! me dit le coach Jenkins en me pointant du doigt, tandis que je m'éloigne.

— Ça sera fait !

Avant que je puisse partir à la recherche de Frankie, Alex et Carter me coincent.

— Ça va ?

— Oui, pourquoi ?

Même moi, je peux dire que mon ton est trop sec.

— Tu as eu l'air absent toute la soirée, commente Alex.

Derrière eux, une silhouette rouge emplit mon champ de vision. Elle se dirige vers l'intérieur.

— J'ai peut-être bu trop de champagne.

— Tu devrais te reposer ce week-end, me dit Alex. Tu es toujours le bienvenu pour venir regarder les matchs avec nous.

— Ah bon ? demande Carter.

Il y a un échange silencieux entre eux deux.

— Ne t'inquiète pas, je ne vais pas le prendre au mot. Je pars à la montagne pour quelques jours.

— Ça a l'air plus amusant que de traîner avec nous, dit Carter en riant.

— C'est un bon moyen de me vider la tête.

Un serveur passe à côté de nous sans s'arrêter. J'en profite pour filer.

— Je vais aller me chercher un autre verre. Je vous rejoins dans quelques instants.

Je n'attends pas leur réponse. Trouvant une brèche dans la foule, je me faufile à l'intérieur de l'hôtel.

Bordel de merde. Je ne sais pas du tout où Frankie est allée.

Je fais les cent pas devant les ascenseurs, essayant de réfléchir. C'est alors que je la vois arriver par une porte au bout du couloir. Je cours vers elle. Dès qu'elle m'aperçoit, elle écarquille les yeux, affolée.

Je la fais reculer jusqu'à la porte et la pousse vers la cage d'escalier.

— Qu'est-ce qui te prend ? chuchote-t-elle d'un ton plein de colère alors que la porte se referme derrière moi, résonnant autour de nous.

— Pourquoi tu m'évites ?

Je la fais reculer contre le mur, posant mes mains de part et d'autre de sa tête.

— Je ne t'évite pas.

— Tu t'es enfuie de là comme une folle, dis-je en grognant.

— Tu as entendu ce qu'ils ont dit ? répond-elle en pointant du doigt la pièce d'où nous venons.

— Et, donc ? ça n'est pas nous.

Elle souffle, secoue la tête et me fixe de ses yeux furieux. Avec ses talons, elle est aussi grande que moi.

— Knox, je suis trop vieille pour toi.

— C'est des conneries.

— J'ai sept ans de plus que toi. Tu ne peux pas nier que ce serait plus facile avec quelqu'un de ton âge.

— C'est des conneries et tu le sais, dis-je.

Elle continue de secouer la tête.

— Mais c'est vrai. Je me concentre sur le football. Tu devrais, toi aussi.

— Je suis presque sûr que c'est la seule chose sur laquelle nous nous concentrons tous les deux pendant la saison.

— Et qu'est-ce que tu crois qu'il va se passer si les gens

apprennent pour nous ? Allez, Knox, tu es plus intelligent que ça.

— Personne ne l'a encore découvert.

— Justement, pas *encore*.

Il y a dans son ton une amertume que je n'aime pas.

— Qu'est-ce que tu suggères alors ?

Je passe une mèche derrière son épaule. La chair de poule apparaît sur sa peau à mon contact.

Peu importe ce qui lui passe par la tête en ce moment, elle ne peut pas nier ce que je lui fais ressentir. C'est clair comme de l'eau de roche.

— Peut-être qu'il faut calmer le jeu jusqu'à ce que ça se calme après ce scandale.

— Putain, non.

Cela fait déjà trop longtemps que je ne l'ai pas vue. Si j'avais su que le match de Chicago était notre dernière fois, j'aurais savouré chaque seconde avec elle.

Je ne suis pas prêt à en finir avec elle. J'en suis loin.

— Je suis ton entraîneuse, Knox. Peu importe que je sois plus âgée que toi...

— Ça n'a pas d'importance !

Elle porte les doigts à ses tempes et commence à les masser, comme si la soirée entière lui avait donné mal à la tête. Je vois bien que son cerveau mouline à cent kilomètres-heure, essayant de trouver toutes les raisons possibles et imaginables pour m'expliquer que ça ne peut pas marcher entre nous.

— Knox…

— Vient avec moi ce week-end.

Un rire sans joie lui échappe.

— C'est la dernière chose qu'on devrait faire.

— Je suis sérieux. Échappons à tout ça. Denver, l'équipe, les nouvelles. On ne sera que tous les deux.

— Je ne sais pas si c'est une bonne idée.

— S'il te plaît, Frankie, je la supplie.

Ce truc entre nous ? C'était censé être une passade. Un moyen de brûler l'excès d'énergie pendant la saison. C'est désormais tellement plus qu'une passade pour moi que ça n'est même pas drôle.

Je veux cette femme comme jamais. J'éprouve un désir brûlant pour elle. Et je ne vais pas la laisser renoncer à notre histoire à cause de deux personnes incapables d'être discrètes.

Je me rapproche d'elle. Cette fois, ses yeux ne sont pas remplis de colère, mais d'une chaleur qui m'est familière. Ça, ça me va.

— Je sais que tu as peur, mais accorde-moi ce week-end. Juste toi et moi. Si tu ne veux plus me revoir après ça, très bien.

Je pose la paume sur sa joue et passe mon pouce sur ses lèvres.

Je ne veux pas que ce soit la fin. Je suis si loin de quitter cette femme. Mais si elle dit non, je m'en accommoderai. Comment ? Je ne veux même pas envisager cette idée.

— D'accord.

J'expire, je pose mon front sur le sien.

— Alors, viens chez moi demain matin.

Je dépose un baiser rapide sur ses lèvres et je recule.

— D'accord.

— Je te promets que tout ira bien.

Je sors de la pièce et me dirige vers la foule.

J'espère seulement pouvoir tenir ma promesse.

Parce que si je ne peux pas, je ne sais pas ce que je vais faire sans elle.

Chapitre Dix-Huit

FRANKIE

J'avais imaginé passer ma semaine de congé de bien des façons, mais certainement pas celle-ci. Paniquer à la dernière minute devant la porte de Knox alors que mon covoiturage s'éloigne.

Nous n'avons jamais rien fait de tel auparavant.

Mais après avoir senti le désir dans sa voix hier soir, je ne pouvais pas le lui refuser. Ou me le refuser à moi-même. Même si toutes les voix dans ma tête me crient que ce sera moi la prochaine. Que quelqu'un découvrira notre histoire et que je serai renvoyée.

Je vais pour frapper à la porte, mais elle s'ouvre.

Knox s'appuie contre le cadre, un sourire aux coins des lèvres. Il porte un sweat-shirt noir et un jean. Ses cheveux sont mouillés par la douche. Cool et décontracté.

Il est toujours comme ça.

— Tu allais annuler, hein ?

— Non, pas du tout.

— Bien sûr…

Knox me prend mon sac et je le suis dans sa maison. C'est la première fois que je viens ici.

Je m'attendais à ce qu'elle soit grande et moderne, mais elle est accueillante. C'est comme si une femme y avait mis son grain de sel. Des canapés surdimensionnés, sans doute pour s'adapter à l'imposante silhouette de Knox, sont garnis de coussins et de plaids. Des photos sont disposées sur les étagères de chaque côté de la télévision.

La pièce donne directement sur la cuisine que Knox traverse. Elle n'est pas des plus modernes, mais elle semble bien utilisée, ce qui me surprend de la part d'un joueur de football. La plupart des gars commandent des plats en ligne. Mais pas l'homme en face de moi.

— Où est-ce qu'on va, dis-je pour changer de sujet.

Je déteste que Knox me connaisse si bien. Mais ce n'est pas comme si nous n'avions pas fait ce truc ensemble depuis quelques années.

— J'ai loué un petit chalet dans les bois.

Je lutte contre un gémissement. Après la difficulté de cette saison, un chalet dans les bois, avec Knox ? Ça me semble être la meilleure chose possible.

— Qu'est-ce qu'on attend, alors ?

Knox me fait son sourire qui fait fondre ma culotte. Celui qui me donne envie de lui sauter dessus.

Mais je ne le fais pas.

Parce que je veux passer le week-end avec lui dans les bois.

Dimanche, j'ai pu voir à quel point il portait le poids de la défaite. Perdre contre n'importe quelle équipe est difficile. Jouer dans un environnement complètement nouveau à Londres n'a rien fait pour arranger les choses. Knox a joué malgré la douleur parce qu'il ne voulait pas décevoir son équipe.

C'est l'une des nombreuses raisons pour lesquelles nous nous sommes si bien entendus. Nous avons tous les deux soif de jouer. Nous voulons tout donner.

En fait, on aime vraiment le football.

— Tu viens ? Knox se tient dans l'embrasure d'une autre porte, qui donne sur ce que je suppose être son garage.

— Je t'attendais, dis-je en lui tapotant la poitrine en passant.

Knox passe rapidement devant moi, ouvre la portière côté passager de son pick-up et je monte dedans.

— Je t'attends depuis longtemps.

Il referme la portière avant que je ne puisse répondre.

Je le regarde contourner l'avant du pick-up noir et monter à bord.

— Musique ? propose Knox en tripotant l'autoradio.

— Comme tu veux, tout me va.

Un air de rock retentit dans les haut-parleurs alors que nous nous mettons en route. C'est comme si aucun de nous ne savait comment se comporter avec l'autre dans ce contexte. Nous sommes toujours entourés par le football, mais pas cette fois.

Même à Londres, nous étions là pour le match.

Les doigts de Knox tambourinent sur le volant au rythme de la musique.

— Bon...

— C'est bizarre, disons-nous tous les deux en même temps.

J'expire, soulagée de ne pas être la seule à me sentir nerveuse.

— Toi aussi, ça te fait bizarre ?

Knox me jette un coup d'œil avant de reporter son attention sur la route. Il met son clignotant pour emprunter l'autoroute en direction de l'ouest.

— Ben, c'est un peu nouveau quoi, de partir ensemble quelque part.

J'acquiesce silencieusement, même s'il ne me regarde pas.

— Je ne compte certainement pas tous nos matchs à l'extérieur, ajoute-t-il.

— Tu te sentirais mieux si tu me faisais faire des sprints ?

Je passe la main par-dessus la console centrale et lui donne une tape sur le bras.

— Je ne suis pas si méchante que ça !

— Hé, d'après les autres, tu es la pire.

Je ris.

— Est-ce qu'ils croient vraiment que tu es un si mauvais joueur ?

— Non. Ils pensent juste que je ne peux pas la fermer et que je m'attire toujours des ennuis.

— C'est vrai que tu as la langue bien pendue.

— Tu adores ma langue.

Je vois le sourire qui se dessine au coin de ses lèvres.

— Ça n'a rien à voir. Ce que je ne comprends pas, c'est comment les gars peuvent penser que tu fais encore partie de l'équipe si tu es à ce point un fauteur de troubles.

— Je ne suis un fauteur de troubles que pour toi.

— Tu m'as fait chier depuis le premier jour où tu as commencé.

— Oh, mon Dieu, j'étais un vrai crétin ! dit Knox en passant une main sur son visage.

— Tu m'as confondue avec coach Jenkins. C'était hilarant.

— J'espère que je ne suis plus aussi con.

— Certains jours, si.

Je pose mon coude sur la console, pose le menton dans ma main et tourne mon attention vers lui.

— Tu es toujours aussi impertinente ? dit Knox en se penchant vers moi et en me pressant la cuisse.

— Il faut que quelqu'un te mette au pas.

— Heureusement que je t'ai, alors.

C'est ainsi que la gêne s'estompe. La route vers les montagnes est agréable. Comme nous sommes à la fin du mois d'octobre, les trembles ne sont pas en fleurs, mais c'est quand même magnifique.

Knox quitte l'autoroute et s'enfonce dans les montagnes. Après avoir passé quelques chalets, nous nous engageons dans l'allée de l'un d'entre eux, qui donne sur un lac étincelant en contrebas.

— Mais c'est immense ! Ma voix est pleine d'admiration alors que je fixe ce qu'on pourrait qualifier de manoir en rondins.

— C'est tout ce qu'ils avaient de disponible.

Knox s'arrête et je saute du véhicule. L'air frais de la montagne m'envahit. J'inspire profondément, chassant toute pensée négative de mon esprit. Le temps est clair, des nuages blancs et cotonneux parsèment le ciel.

— Ça pourrait être pire, c'est sûr.

Knox contourne le camion et me tend la main.

— Tu veux aller voir ?

Je la saisis et le suis jusqu'à la maison. Un large porche avec des rocking-chairs borde la façade. Des portes vitrées s'ouvrent sur un immense salon à deux étages qui donne sur la forêt. Des panneaux de bois tapissent les murs. Un tapis à poil long est posé devant la cheminée.

— Waouh ! C'est assez incroyable.

J'enlève mes chaussures et j'enfonce mes pieds nus dans le tapis. Knox me sourit.

— Je suis content que tu aimes.

— Où est la chambre ?

— Laquelle ?

J'aperçois les escaliers de l'autre côté du salon et je cours vers eux, Knox sur mes talons. Je me dirige vers la porte fermée au bout du couloir. En la poussant, je m'arrête net.

— Euh… Knox ?

— Qu'est-ce qu'il y a ?

Son torse musclé se colle derrière moi.

— Tu avais prévu une escapade romantique ?

Je me tourne pour voir ses yeux qui observent la pièce devant nous.

— Putain.

Des pétales de rose recouvrent le lit tandis que deux serviettes, pliées en forme de cygne, s'embrassent. Une bouteille de champagne est posée sur de la glace à côté de la fenêtre et des fraises enrobées de chocolat sont disposées sur un plateau.

— Bon Dieu, j'ai dit que je venais pour un break. Apparemment, ils ont compris qu'il s'agissait d'un tout autre type d'escapade.

Knox a l'air absolument horrifié à la vue de l'amour qui explose dans toute la pièce. Je me mets à rire à gorge déployée.

— On ne va pas laisser ça se perdre, si ?

S'approchant de la fenêtre, Knox sort le champagne.

— Tu as raison. Je suis sûr qu'ils me font payer beaucoup trop cher de toute façon.

Je m'approche de lui, mes orteils nus touchant ses pieds chaussés. J'attrape un verre et le lui tends.

— Alors, serre-moi une coupe. Ça a l'air d'être du bon.

Knox sourit en faisant sauter le bouchon, laissant le liquide pétillant couler dans mon verre.

— On porte un toast ?

Knox me sourit.

— D'habitude, c'est le truc d'Alex.

— Très bien alors, dis-je en tendant mon verre vers le sien. À la semaine de repos ! J'espère que vous pourrez mettre cette défaite derrière vous et attendre avec impatience le prochain match.

— Santé !

Nous trinquons et je bois une gorgée de champagne, les bulles explosant sur ma langue.

— Qu'est-ce que tu as prévu pour le week-end, alors ? dis-je en m'approchant de la fenêtre.

— Tout ce que tu veux.

La chaleur dans sa voix ne m'échappe pas.

— Je pensais que tu voulais juste t'éloigner et te détendre.

Knox saisit mon verre et le pose.

— La détente peut prendre plusieurs formes, Frankie.

— Ah oui ? dis-je en croisant les bras et en fixant Knox du regard.

— Tu as besoin que je t'apprenne à te détendre ? dit-il en faisant un pas vers moi.

Je hausse une épaule.

—Je pourrais en avoir besoin.

Sans prévenir, Knox empoigne ma taille et me fait basculer sur le lit dans une explosion de pétales.

— Qu'est-ce que tu fais ?! je crie en laissant échapper un rire.

— On se détend.

— Tu vas faire peur aux cygnes.

Knox jette un œil sur les serviettes en forme d'oiseaux, en saisit une et la jette à l'autre bout du lit.

— C'est mieux comme ça ?

— Oui. Bon, et cette leçon de relaxation alors ?

Chapitre Dix-Neuf

KNOX

Toutes les parties de mon corps craquent lorsque je me réveille. Frankie est assise dans le lit à côté de moi, mon t-shirt lui descend jusqu'aux jambes. Sur ses genoux, un iPad diffuse une vidéo de notre prochain adversaire.

— Tu ne t'arrêtes jamais, hein ? dis-je d'une voix endormie alors que je roule vers elle, passant un bras autour de sa taille.

— Si tu ne dormais pas si longtemps aussi...

— Peut-être que si tu ne m'avais pas épuisé la nuit dernière…

Frankie jette l'iPad sur le côté et se met face à moi. Des plis d'oreiller se dessinent sur son visage. C'est une chose à laquelle je n'ai jamais droit. Je n'ai jamais droit aux matins avec Frankie.

Quand on est ensemble, c'est seulement pour la soirée.

On couche ensemble et on part chacun de son côté.

Est-ce que je déteste ça ?

Oui.

Est-ce que je dois vivre avec ça parce qu'on ne peut pas vivre autre chose ?

Oui.

— Il faudrait que tu restes debout après 20 heures pour ça.

— J'aimerais bien te voir prendre le coup que j'ai pris dimanche et rester dans un avion pendant dix heures.

Les doigts de Frankie jouent avec la chaîne qui repose sur ma poitrine.

— Tu veux un petit massage ?

— Si je me plains et que je pleurniche, tu m'en feras un ?

Je pousse ma lèvre inférieure comme un gamin qui fait la moue. Frankie se contente de me sourire.

— Tu n'as pas besoin de te plaindre et de pleurnicher, dit-elle en tirant mon épaule vers le bas. Allonge-toi et je vais te rendre ce service.

— Je pensais que je devrais ramper pour ça.

Je ris dans l'oreiller en m'installant sur le lit.

— J'ai vu le coup que tu as reçu. Après en avoir pris un moi-même, tu n'as qu'à demander, je t'assure.

Frankie se met à cheval sur mes fesses, elle pose les mains sur mon dos. C'est un contact très bref, mais qui met mon corps en feu.

— J'adore jouer en défense, mais à ce stade de la saison, il est de plus en plus difficile de rebondir à mon âge.

Frankie enfonce ses poings dans mes épaules. Putain, ça fait un bien fou.

— Oui, c'est dur d'avoir vingt-sept ans.

— Hé ! dis-je en tendant la main pour lui pincer la cuisse. On ne vieillit pas tous aussi bien que toi.

— C'est vrai, tu fais vraiment ton âge, Knox. Quand on voit ton beau physique, tout le monde dit que c'est terrible de vieillir.

Frankie passe ses mains dans mon dos, ses pouces s'activant sur mes muscles endoloris.

— Si le football ne marche pas, tu pourras toujours faire carrière comme massothérapeute.

— N'en parle même pas. Je ne veux pas que ça me porte la poisse.

— Tu n'as pas à t'inquiéter. Je t'ai vue sur le terrain avec les autres.

Elle pose les mains sur mon dos.

— J'aimerais que ce soit aussi simple, soupire-t-elle.

Je roule sous elle pour lui faire face.

— Tu t'inquiètes toujours à cause de l'autre entraîneuse ?

Elle fait glisser ses mains sur ma poitrine, suivant maintenant le tatouage sur mes pectoraux.

— Bien sûr que je m'inquiète. Je dois bosser deux fois plus dur pour faire mes preuves parce que je suis une femme. Tu as vu avec quelle facilité ils l'ont laissée tomber.

Je grogne.

— Tu en sais plus sur le football que la plupart des membres de l'équipe. Je ne vois pas comment ils pourraient se débarrasser de toi.

Elle hausse les épaules.

— C'est comme ça.

Je déteste son air vaincu. Au lieu d'être un moment de détente, notre première matinée ensemble nous plonge directement dans les choses sérieuses.

— Ça me donne vraiment envie de frapper quelqu'un.

Je fais glisser mes mains le long de ses cuisses, les passant sous l'ourlet de son t-shirt.

— Je n'ai pas besoin que tu te battes en mon nom. Cela ne ferait qu'empirer la situation.

— Peut-être que je peux envoyer Newman, alors. Il a

encore un visage de bébé. Les gens ne peuvent pas lui dire non.

Frankie rit, d'un rire profond qui me touche en plein dans le ventre.

— C'est très facile de lui dire non, pourtant.

— Et à moi ?

Elle me fait un sourire en coin.

— Tu veux que je te dise non ?

— Apparemment c'est facile.

— Je pense que tu crois que tu peux me faire du charme pour obtenir n'importe quoi.

Saisissant ses hanches, je la fais basculer sur moi. Ses cheveux bruns s'étalent sur l'oreiller. Le soleil, qui perce maintenant à travers les arbres, projette des ombres sur Frankie.

Mon cœur se serre dans ma poitrine. Ça me frappe comme un train de marchandises.

Le sourire de Frankie. Le fait que j'aie pu me réveiller à ses côtés ce matin. La facilité avec laquelle nous nous entendons quand nous ne sommes que tous les deux. La façon dont elle n'a pas hésité à prendre soin de moi.

Putain, j'aime cette femme.

Je sais qu'elle hésite à propos de nous deux. Elle est plus âgée que moi. C'est ma coach. Je suis sûr qu'elle pourrait trouver un million d'autres raisons pour lesquelles nous ne devrions pas être ensemble.

Cela fait longtemps que c'est beaucoup plus que ça. Au début, c'était un moyen de se défouler pendant la saison régulière.

Comme nous avions les mêmes horaires, c'était facile. Un petit coup par-ci par-là. Au fil des années, mon désir pour elle s'est transformé en quelque chose que je ne peux pas réprimer. C'est une chose vivante, qui respire en moi.

Aujourd'hui, c'est la première fois que je me réveille à

côté d'elle. Sentir ses douces formes le matin, c'est comme ça que je veux commencer chaque journée. La voir porter mon t-shirt et rien d'autre.

Mais jusqu'à ce que la réalité de notre situation change, ce sera plutôt des nuits volées.

— Tu es bien silencieux. Tu essaies de trouver un moyen de me charmer ? dit Frankie en passant un doigt sur la ride de mon front.

— On pourrait peut-être prendre notre café dehors ?

Elle me fait un clin d'œil.

— Non.

— Non ?

— Tu vois ? C'est très facile pour moi de te dire non.

Je lui chatouille le côté droit, sachant très bien que c'est le seul endroit où elle est sensible.

— Est-ce que tu as quelque chose d'autre en tête alors ?

— J'avais juste envie de te dire non.

Elle change de position.

Je lui mordille la lèvre inférieure.

— Tu me rends fou.

— Tu me l'as déjà dit.

Frankie enroule les mains autour de mon cou en jouant avec les mèches de ma nuque.

— Je ne sais pas pourquoi je te garde.

Sauf que je le sais.

— Tu as besoin de quelqu'un qui te rabaisse. Pour mater ton gros ego de footballeur.

— Je ne savais pas que j'en avais un.

— Oh, tu n'en as pas. Mais c'est seulement grâce à moi.

— Parce que tu me dis non, dis-je en secouant la tête.

— Tu n'aimerais pas que je sois toujours d'accord avec toi.

— Peut-être qu'une fois ou deux, ça ne te tuerait pas, je grommelle.

Frankie embrasse un coin de ma bouche.

— Ça te dit qu'on prenne un petit déjeuner ?

Elle dépose un baiser de l'autre côté. Je durcis immédiatement.

— Ensuite, on pourra peut-être trouver une activité qui nous convienne à tous les deux ? ajoute-t-elle.

— Je suis d'accord.

Chapitre Vingt

FRANKIE

Les nuages noirs se sont succédé tout au long de l'après-midi. Après le petit déjeuner, Knox s'est rendormi et je me suis recroquevillée devant un feu de cheminée.

C'est un après-midi parfait. Je n'ai pas pensé une seule fois au football.

— Qu'est-ce que tu fais ?

La voix de Knox, derrière moi, me fait sursauter.

— Putain, tu m'as foutu la trouille.

Il sourit.

— Pourquoi t'es si nerveuse ?

Je lui montre le livre que je tiens dans la main.

— C'est un thriller.

Knox le feuillette pour voir la couverture.

— Tu t'en sers comme guide ?

— Un guide pour quoi ? Je ne comprends pas.

Knox se penche sur le dossier du canapé. Il est moins bien rasé que d'habitude.

— Tu vas essayer de me tuer dans mon sommeil ?

Je l'attrape par-derrière et le tire par-dessus le canapé.

— Oui, c'est exactement ce que j'ai l'intention de faire. Tu ferais mieux de dormir avec un œil ouvert.

— Merde, Frankie. Et moi qui pensais que tu m'aimais bien.

— Hé, hé.

Knox me prend le livre des mains et feuillette la page sur laquelle j'étais. La pluie commence à tomber.

— Ce type tue quelqu'un avec une paille ? Ça me paraît impossible.

— Pourquoi est-ce qu'il faut toujours que tu critiques les choses que j'aime ?

— Qu'est-ce que je critique ? demande-t-elle, un sourire amusé se dessinant sur ses lèvres.

— Tu as critiqué mon film.

— Quelle ado de dix-huit ans part seule à Londres ? Ce n'est pas possible.

Je passe une main dans ses cheveux en désordre.

— Tu as toujours été comme ça ?

Il me fait un sourire suffisant.

— D'après ma mère et ma grand-mère, oui.

— Crois-moi, si je voulais te tuer, je n'aurais qu'à mettre du poison dans des doughnuts. Tu ne dis jamais non à des doughnuts quand on te les apporte après l'entraînement.

Knox a l'air contrarié.

— Tu as déjà mangé des beignets Voodoo ? Ce sont les meilleurs au monde.

— Je sais. C'est pour ça qu'il serait facile de te tuer.

Il fronce les sourcils.

— Je n'aime pas vraiment la tournure que prend cette conversation.

— Alors peut-être que je devrais démolir les choses que tu aimes.

— Ça n'est pas ce que tu fais chaque semaine ?

— Je préfère appeler ça du coaching...

— Pourquoi tu as décidé de te lancer dans le coaching ?

Les yeux marron de Knox brillent.

— C'est bizarre cette question.

— Je ne pense pas avoir déjà entendu l'histoire.

— Ça n'a rien d'excitant. Je suis allée à l'entraînement avec mon frère aîné quelques fois et je suis tombée amoureuse du sport. Et quand mon petit frère a décidé de jouer, je travaillais déjà avec l'équipe de football de mon collège et je l'aidais à mettre au point des tactiques.

— Tu ne l'as pas fait parce que tu trouvais les joueurs de football mignons ?

Je ris.

— C'est probablement la raison pour laquelle je continuais à y retourner avec mon grand frère.

— Nom de Dieu, je plaisantais.

— Hé ! dis-je en lui donnant une tape sur le torse. J'étais au lycée. Fiche-moi la paix !

— Je suis désolé. J'essaie de visualiser le truc. Je n'arrive pas à t'imaginer en train de t'extasier devant d'autres joueurs alors que je t'ai vu faire pleurer Newman.

Je lève les yeux au ciel.

— Je n'ai jamais fait pleurer Newman !

— Si !

— En tout cas, tu sais qu'il est bien parti pour rester.

— Je ne pense pas que le foot m'ait fait pleurer depuis la fois où mon grand-père m'a amené à mon premier entraînement.

— Ça t'a fait pleurer ? Mes doigts jouent avec ses cheveux. Voilà bien quelque chose que j'ai du mal à croire.

— Si, c'est vrai ! se défend-il. J'avais sept ans. Je me suis fait heurter si fort que j'ai quitté le terrain en courant et je suis arrivé juste à temps sous les gradins avant de fondre en larmes.

— Et tu as continué à jouer ?

— Mon grand-père m'a dit que si je pouvais supporter un choc pareil, ça serait plus facile les fois suivantes.

— Et ça l'a été ?

Il éclate de rire.

— Putain, non. Ça a été encore plus dur, mais au moins je savais ce qui m'attendait.

— Tu devrais vraiment faire du yoga, ça aide.

— Comment tu le sais ?

Knox change de position, et se retourne pour me faire face. Il cherche ma main libre et enlace mes doigts avec les siens.

— Le yoga fait du bien. Ça t'aide à rester plus souple.

— Tu pourrais peut-être me montrer tes mouvements ?

— Tout est dans les hanches, dis-je en lui faisant un clin d'œil.

Knox gémit en fermant les yeux.

— Tu essaies vraiment de me tuer.

— Non, pas aujourd'hui.

— Si tu essaies de m'apprendre le yoga, c'est ce que tu feras.

— J'en prends bonne note. C'est comme si j'essayais de cuisiner pour toi, je te tuerais probablement.

— Tu ne sais pas cuisiner ? demande Knox en cessant de jouer avec mes mains.

Je secoue la tête.

— Pas le moins du monde. Mes parents étaient de piètres cuisiniers, donc ça n'est pas un don qui m'a été transmis.

Knox se lève du canapé.

— Que dirais-tu de dîner plus tôt alors ?

— Tu vas cuisiner pour moi ?

— Oh oui. Je suis plutôt doué pour ça.

— Regardez-moi tous ces talents cachés.

Il hausse les épaules.

— Je n'ai pas souvent l'occasion de le faire, alors j'aime bien.

— Bien vu.

— C'est ma grand-mère qui m'a appris. Je crois qu'elle était convaincue que je mourrais dès ma première année à Denver si je ne savais pas le faire.

— C'est génial, dis-je en riant.

Knox dépose un baiser rapide sur mes lèvres.

— Alors, assieds-toi, détends-toi, et laisse-moi t'étonner encore un peu plus.

– SÉRIEUX, qu'est-ce qui sent si bon ?

Après que Knox m'a dit qu'il allait préparer le dîner, je me suis assoupie sur le canapé. Entre le feu et la pluie qui tapotait contre la fenêtre, je me suis endormie d'un sommeil bienheureux.

Et maintenant, je me réveille avec l'homme le plus sexy qui soit en train de me préparer à dîner.

— C'est une recette de ma grand-mère. C'est facile à faire et, comme elle le disait, c'est quelque chose qu'un crétin comme moi ne peut pas rater.

J'essaie de me couvrir la bouche pour empêcher le rire d'éclater, mais ça ne marche pas.

— C'est vraiment quelqu'un ta grand-mère !

Knox lève les yeux au ciel.

— Parfois. Elle ne m'a jamais laissé prendre la grosse tête parce que je faisais partie de la ligue.

— Je ne pense pas que quiconque puisse t'accuser d'avoir la grosse tête.

J'observe l'homme en face de moi. Il est plus détendu que je ne l'aie jamais vu. Pendant la saison, tout est toujours amplifié. L'adrénaline ne cesse de monter, car les gars doivent toujours être prêts à faire face à tout ce qui peut leur tomber dessus.

— Je suis content que tu le penses.

Je sirote le vin rouge que Knox m'a servi tout en le regardant cuisiner.

C'est une chose à laquelle je pourrais m'habituer.

— L'entraîneur Brooks ne laisserait aucun de ses joueurs avoir la grosse tête, dis-je.

— Même Colin, qui avait probablement la plus grosse tête de tous. Il disait aux filles qu'il jouait pour Denver afin de les mettre dans son lit.

— Tu veux dire que tu n'as jamais utilisé cette phrase ?

J'en ris, mais en fait je suis curieuse. C'est quelque chose dont nous n'avons jamais parlé. Quand on a commencé à être ensemble, on a fait en sorte de rester fidèle l'un à l'autre. Mais avant ça, je ne voulais pas le savoir.

— Bien sûr que non.

— Oh, je t'en prie ! dis-je en avalant le reste de mon vin.

Knox laisse tomber le couvercle de la casserole et s'approche de moi à grands pas. Il attrape ma chaise et me fait tourner pour que je sois face à lui. Il se penche sur moi, son odeur de propre m'envahit. Mon regard est brûlant.

— Crois-moi quand je te dis ça, Francesca.

Mon Dieu, rien qu'entendre mon nom me donne des fourmis dans les jambes.

— Je n'ai jamais utilisé mon statut pour séduire une femme. Alors que la seule femme que j'ai voulue est là, devant moi.

Je ne réfléchis pas. Je me penche et je capture les lèvres

de Knox dans un baiser passionné. Ses mains trouvent mes cheveux et s'y accrochent fermement. Il me mordille la lèvre inférieure et j'en savoure la morsure. Nos langues se taquinent. Le besoin se fait plus pressant dans chacune de mes terminaisons nerveuses.

Knox prend le contrôle, il ralentit le mouvement. Mes mains s'accrochent à son t-shirt pour le garder près de moi. Je ne sais pas qui gémit le plus fort, lui ou moi. Mais ce baiser représente tout ce que j'aime chez cet homme, dans un tout petit paquet bien ordonné.

Autoritaire, mais mûrement réfléchi.

Puissant, mais doux.

Trop tôt, Knox s'écarte. Ses yeux sont à moitié fermés et ses lèvres gonflées. Je me mords la lèvre en me penchant plus près de lui.

— Ne doute jamais de moi, Frankie. Je te prouverai que tu as tort à chaque fois.

Il dépose un rapide baiser sur mes lèvres avant de retourner à sa cuisine.

À ses mots, une rougeur me monte au cou.

— C'est comme ça que tu me prouveras que j'ai tort ?

En pensant à ce baiser, mes orteils se recroquevillent. Aucun homme ne m'a jamais fait ressentir cela. C'est très gênant pour moi qu'il soit un de mes joueurs.

— C'est une façon parmi d'autres, dit-il en me faisant un clin d'œil.

Des papillons menacent de sortir de mon corps lorsque Knox s'approche de moi, une assiette de poulet à la main.

— Il faut que tu manges, car j'ai quelque chose de prévu pour toi ce soir.

Il s'assied à côté de moi et pose mes jambes sur ses genoux. Ses doigts dansent le long de ma cuisse tandis qu'il plonge sa fourchette dans son assiette.

J'enfourne une bonne bouchée. Les saveurs explosent

sur ma langue tandis que j'en avale une autre. Le citron et l'ail mélangés sont tellement bons que ça devrait être interdit.

— C'est délicieux, dis-je la bouche pleine, d'une façon très peu digne d'une dame.

Knox me sourit.

— Je savais que tu aimerais ça.

— Heureusement que ta grand-mère t'a appris à cuisiner. Je suis nulle en cuisine.

— Peut-être que tu devrais me garder dans les parages alors.

Je lui souris. J'ai envie de lui dire que oui, mais le poids de ce qui est arrivé à l'entraîneuse de New York est encore lourd dans mon esprit.

Cela aurait pu être moi. J'ai vu les photos. Je sais qu'ils ont été imprudents. Il suffit d'un faux pas pour que notre secret soit éventé. Le fait que je sois son entraîneuse est déjà assez grave, mais les gens pourraient penser que je l'ai forcé parce que je suis plus âgée.

Ce qui est la chose la plus éloignée de la vérité.

Knox n'a pas besoin de réponse de ma part.

— Merci d'être venue ici avec moi, me dit-il.

— Je suis contente qu'on ait pu le faire, dis-je en haussant les épaules comme si ce n'était rien.

— Je suis sérieux. Il me prend la main et glisse les doigts entre les miens. Je sais que la semaine a été merdique pour nous deux, alors je suis vraiment content que tu sois venue.

Je serre sa main.

— Tu es un joueur tellement cérébral. Parfois, tu es trop dans ta tête et tu te mets des bâtons dans les roues.

— C'est difficile de ne pas le faire quand le jeu est toute votre vie.

Je laisse tomber ma fourchette et je m'installe sur les

genoux de Knox. Je saisis sa tête et commence à masser son cuir chevelu. Il gémit de plaisir.

— C'est pour ça que tu as besoin de t'évader parfois. De laisser le football derrière toi et de vivre le moment présent.

— C'est l'entraîneuse qui le dit.

— Hé ! Je dépose un baiser sur sa tempe avant de replonger mes mains dans ses cheveux. J'aime le football, et même moi, j'ai besoin d'une pause de temps en temps.

Knox m'entoure de ses bras et se détend à mon contact. Ses doux gémissements me disent qu'il aime ça.

J'aime être celle qui lui apporte du réconfort. Ce qui se passe entre nous est difficile. Parfois, j'ai envie de courir vers lui pour m'assurer qu'il va bien, mais je n'y arrive pas. Je veux être avec lui, mais nos emplois sont en jeu. Ma promotion.

Peut-être qu'un jour, quand il ne jouera plus, nous pourrons faire en sorte que ça marche. Mais pourrons-nous vivre dans l'ombre jusqu'à ce jour ?

— Pourquoi tu t'arrêtes ? murmure-t-il dans mon cou.

— Désolée.

Knox lève les yeux vers moi, les yeux fatigués.

— C'est trop tôt pour aller au lit ?

Je lui souris, essayant de cacher ma tristesse à l'idée de ne jamais pouvoir être avec lui comme je le souhaiterais. Mon esprit ne cesse de chercher un moyen pour que cela arrive, mais je n'en vois aucun qui ne finisse pas par la perte de mon travail.

Je me lève, la main dans la sienne. Je me fiche du dîner maintenant. Je veux juste être avec Knox.

Il me suit tandis que je nous entraîne à l'étage jusqu'à notre chambre. Dès que je me retourne pour lui faire face, il me soulève dans ses bras et s'installe sur le lit.

Nos baisers sont pressants. Il y a un besoin entre nous

que je n'avais jamais ressenti auparavant. C'est presque comme si nous pouvions tous les deux sentir que le temps est compté.

Je ne perds pas une seconde, je plonge la main dans le jogging de Knox et je trouve son sexe dur.

— Putain, j'adore sentir tes mains sur moi.

Je le pousse doucement pour qu'il se couche sur le dos et je me penche sur le lit pour pouvoir le prendre dans ma bouche.

Il donne un coup de reins au moment où mes lèvres entourent son extrémité. Ses paroles ne sont que charabia tandis que je l'aspire jusqu'au fond de ma bouche. Ma main descend, jouant avec ses testicules. Le goût salé de sa moiteur surprend ma langue, faisant monter la chaleur entre mes jambes.

— Tu es trop douée à ce jeu, Frankie, me dit-il d'une voix pleine de désir. Je ne veux pas jouir dans ta bouche.

Je le relâche, mais mes mains prennent le relais.

— Où est-ce que tu veux jouir alors ?

— Putain, je veux être en toi.

On se débarrasse de nos vêtements sans vraiment nous lâcher. C'est comme si on risquait de disparaître si on cessait de se toucher.

Knox s'appuie contre la tête de lit et m'attire sur lui, les mains prises dans mes cheveux pour me rapprocher et m'embrasser.

Je veux toujours être plus près de lui. Je savoure tout ce qu'il me donne en m'effondrant sur lui. Il avale mes soupirs tandis que je m'installe sur lui.

Chaque poussée, chaque coup de reins sont précipités. Nous bougeons en cadence. Le plaisir m'envahit, mais je n'arrive pas à atteindre l'orgasme assez vite à mon goût. Knox me tient contre lui. Rien ne peut s'interposer entre nous deux. Nous ne nous quittons pas des yeux.

Le lien profond entre nous deux est quelque chose que je n'ai jamais ressenti avant. Cela devrait me faire peur. Mais alors qu'il me pousse vers le plaisir, je m'en réjouis. Mon orgasme entraîne Knox vers l'extase à son tour.

Chaque partie de moi s'apaise tandis que nous redescendons ensemble de ce sommet. Ce truc avec Knox, c'est toute ma vie. Je le désire avec chaque fibre de mon être.

Il m'a donné la possibilité de renoncer à lui après ce week-end. Mais maintenant ?

Comment le pourrais-je ?

Ce qui s'est passé entre nous deux ce soir a repoussé toutes les idées noires au fin fond de mon esprit.

Je suis sa coach ? Et alors ? Ça n'a pas d'importance.

Je suis trop vieille ? Une broutille.

Tout cela grâce à l'homme qui me tient dans ses bras comme si j'étais la seule chose à chérir.

Tout ça grâce à Knox.

— Ça va ? me chuchote-t-il.

Je change de position, le regardant droit dans les yeux. Je veux qu'il comprenne.

— Je suis partante, Knox.

— C'est vrai ? La surprise illumine son visage.

— Carrément. Toi et moi.

— C'est génial.

Oui, vraiment.

Chapitre Vingt-Et-Un

FRANKIE

— Becky ! Je suis si heureuse que tu aies pu venir, dis-je en serrant mon amie dans mes bras.

— Je n'aurais manqué ce match pour rien au monde.

— T'es sérieuse ? dis-je en fronçant un sourcil.

— Bon, d'accord. Il se trouve que je ne devais pas travailler aujourd'hui.

Je ris.

— Ce n'est pas grave. Je sais que tu n'aimes pas le football.

— Non, mais j'aime les joueurs, dit-elle en jaugeant tout le monde sur le terrain.

Si les familles viennent généralement assister aux matchs, elles ne se rendent pas sur le terrain. Après la défaite à Londres, la direction a pensé qu'il serait amusant de changer la donne et de les faire entrer sur le terrain pendant l'échauffement.

Et comme ma famille n'est pas ici, Becky est la plus appropriée.

— Salut Coach, c'est qui ton amie ? demande Newman en s'approchant de nous.

— Mais t'es adorable, toi, s'extasie Becky en le voyant.

— Ryan Newman, dit-il en lui tendant la main.

— Becky, mariée et heureuse en ménage. Dit-elle alors qu'il rougit quand elle lui prend la main. Je suis bien trop vieille pour toi.

— L'âge n'est qu'un chiffre, répond-il en lui faisant un clin d'œil avant de retourner en courant vers Knox qui nous observe.

— Qui c'est, M. Grognon là-bas ? dit Becky en se rapprochant de moi.

Je ne m'occupe pas des gars pendant l'échauffement, sauf s'ils ont besoin de moi. Je peux sentir le regard de Knox d'ici.

— Knox Fisher. L'arrière qui m'échauffe les nerfs.

— Oh chérie, j'espère qu'il t'échauffe autre chose de plus agréable.

— Qu'est-ce que j'entends... vous parler de chauffer quoi, mesdames ?

Je me retourne et je vois la grand-mère de Knox derrière nous.

— Oh, bonjour Darlene !

Je m'approche et tente de lui serrer la main, mais elle me prend dans ses bras.

— C'est merveilleux de te revoir, ma chère.

— Vous aussi. Je suppose que vous vous êtes bien amusées à Londres ?

— Oh, oui, c'était fabuleux. Knox nous a tout le temps gâtées. Mais tu sais à quel point il est adorable.

— Hmm.

Becky ne me lâche pas des yeux tandis que l'homme en question accourt vers nous.

— Salut, Mamie.

Il se penche pour lui faire une bise sur la joue.

— Bonjour mon chéri. J'étais en train de saluer Frankie et son amie.

— Becky, dit-elle en tendant la main à Knox.

— Je ne pense pas avoir déjà rencontré aucune de tes amies, fait-il remarquer.

— Ce n'est pas comme si je voyais celle-ci très souvent, dit Becky en me désignant du doigt. S'il ne s'agit pas de football, ça ne l'intéresse pas.

— Hé, je ne suis pas si affreuse.

— Knox est pareil, lance Darlene.

— Je suis contente que ça ne soit pas que moi. Dès qu'on me parle de football, je me mets à regarder dans le vide.

— Il n'y a pas que le football dans la vie.

Elles continuent à parler toutes les deux sans se soucier de Knox et moi.

— Tu n'as pas l'impression qu'on s'est ligué contre nous ?

— On ne parle pas que de football, grogne Knox.

Le football était la dernière chose que nous avions en tête le week-end dernier, mais elles ne peuvent pas le savoir. Les quelques fois où on a été ensemble, il n'a jamais été question de football. Ça n'était que nous deux qui profitions l'un de l'autre.

— On regardera le match ensemble Becky ? lui demande Darlene.

— Je pense que oui. Elles partent bras dessus, bras dessous en nous faisant un petit signe de la main et en empruntant le tunnel où les autres familles se dirigent pour rejoindre leurs sièges.

— Euh, est-ce que c'est bizarre qu'elles s'apprécient ? demande Knox.

— Très.

Knox et moi avons toujours gardé nos vies séparées.

C'était l'une de mes règles quand nous avons commencé. Moins de désordre.

Voir deux personnes importantes pour nous qui traînent ensemble comme ça ?

C'est bizarre.

— J'ai l'impression qu'elles vont se liguer contre nous, lui dis-je.

— Je n'aime vraiment pas la façon dont elles nous regardent.

Elles se retournent une dernière fois vers nous avant de disparaître.

— Je suppose que je vais devoir me trouver une nouvelle meilleure amie.

Knox grogne derrière moi.

— Je ne peux pas abandonner ma grand-mère.

— Elle te tuerait si tu faisais ça.

— Si jamais je disparais mystérieusement, tu sauras pourquoi, dit-il en riant.

— Ooh, je suis sûre que tu nous manquerais.

— Tu vois, dit Knox en se tournant vers moi, tu n'as pas l'air d'en penser un traître mot.

Je fais la moue.

— Pauvre Knoxy. Tu as peur de ne pas te sentir aimé ?

— Aimé, tu as dit ?

J'ai eu envie de retirer le mot au moment où il franchissait mes lèvres.

Ce n'est pas possible que ce soit de l'amour.

Bien sûr, j'ai ressenti un lien plus profond depuis que je suis partie avec Knox, mais ça ne peut pas être de l'amour.

J'ai cessé de m'inquiéter à son sujet, et maintenant l'amour ?

Est-ce que ça peut vraiment être de l'amour ?

— Pourquoi Knox a le droit d'échapper à l'échauffement ? se plaint Newman.

Dieu merci, parce qu'il rompt la tension gênante de mon silence face aux paroles de Knox.

Newman est en train de faire les échauffements normaux d'avant-match, mais il restera sur le banc aujourd'hui parce qu'il s'est froissé le quadriceps à l'entraînement cette semaine.

— Tu as besoin d'étirer ta jambe. Je suis déjà bien échauffé. Mais si tu veux faire des exercices mortels, je serai ravi de les faire avec toi.

— Laisse tomber.

Il s'enfuit parce qu'il ne veut pas faire les pires exercices que nous ayons en magasin.

— Tu es méchant.

— Le gamin a besoin d'apprendre, dit Knox en reculant pour rejoindre ses coéquipiers. Est-ce que c'est mal d'être pressé d'être au prochain jeu ?

Mon corps se réveille à cette idée, même si je lutte désormais contre moi-même sur ce que je ressens envers cet homme.

— Pas autant que moi.

Chapitre Vingt-Deux

KNOX

— Tu aurais dû le voir. Avant que tu ne t'en rendes compte, il tapera dans un ballon de football, s'exclame Jackson.

Les lundis sont toujours des jours faciles après une victoire. Entre ça et le temps de repos pendant l'intersaison, les gars se sentent bien.

Comme il n'y a pas d'entraînement fixe après une victoire, les gars et moi venons généralement à la salle de musculation pour un entraînement léger.

— C'est pas vrai ! Il va attraper des passes comme l'oncle Colin.

— Noah a tapé dans un ballon de foot et vous le faites déjà débuter chez les Mountain Lions ? je demande à Jackson.

Je pousse la barre de musculation vers le haut, je l'installe à l'endroit prévu à cet effet et je m'assieds.

— Et s'il n'aime pas le football ? j'ajoute.

Quatre paires d'yeux me fixent.

— Pourquoi tu dis ça ? demande Logan. C'est un blasphème.

Un sourire narquois se dessine sur mon visage.

— Vous dites toujours que tant que vos enfants sont heureux, vous ne vous souciez pas de ce genre de choses. Je dis ça comme ça.

C'est trop facile de se moquer d'eux.

— Ils aimeront le football, dit Jackson qui reste sur ses positions tout en continuant ses propres exercices d'entraînement. Comment peut-on ne pas aimer le football ?

Je hausse les épaules.

— Sans déconner. C'est le meilleur jeu du monde.

— Qu'est-ce que tu fais le dimanche si tu ne regardes pas le foot ? demande Colin. Je m'ennuierais tellement.

— C'est une bonne chose que nous n'ayons jamais à le savoir, dit Alex en buvant une gorgée d'eau. En parlant d'enfants...

— Des nouvelles ?

Alex sourit comme un idiot, alors quoi qu'il en soit, c'est une bonne nouvelle.

— Notre mère porteuse est enceinte.

— Oh la vache ! hurle Colin en se levant d'un bond et en l'entourant de ses bras. Nous faisons tous de même en le serrant fort.

— Tu vas être papa ? je lui demande.

Il hoche la tête, les yeux baignés de larmes.

— Je n'arrive pas à croire que ça soit arrivé si vite. Heureusement que Carter connaissait quelqu'un sinon je ne sais pas où nous en serions.

— Noah aura quelqu'un avec qui jouer. Il nous faut plus d'enfants par ici, dit Jackson en nous regardant, Colin et moi.

— Hé, ne m'incluez pas là-dedans, dit Colin. Peyton et moi sommes heureux avec Waffles.

— Et moi je n'ai personne avec qui avoir des enfants, dis-je.

Je n'ai jamais vraiment pensé à avoir des enfants. Cela n'a jamais fait partie de mes préoccupations. Même cette histoire avec Frankie est limitée parce que c'est seulement pendant la saison. Et ce n'est pas comme si on en parlait.

— C'est une bonne nouvelle, mec, fait remarquer Logan. Élever la deuxième génération des Mountain Lions.

— S'ils aiment le football...

— T'es sérieux, Knox ?

Je rigole.

— Vous êtes trop faciles à taquiner.

— Fisher. J'ai besoin de toi dans la salle de réunion, dit le coach Riley, le coordinateur défensif, en passant la tête dans la salle de musculation.

— Oooh. Il a dû entendre que tu n'aimais pas le football. Quelqu'un a des ennuis maintenant, plaisante Colin.

— Non, ça va c'est pas Frankie, il va s'en sortir, répond Alex tandis que j'attrape une bouteille d'eau et que je sors de la salle.

J'ai des picotements dans le ventre. Je ne sais pas ce qui a provoqué cette réunion impromptue, mais j'essaie de ne pas me concentrer sur tout ce que cela pourrait signifier.

Comme quelqu'un qui aurait découvert mon histoire avec Frankie.

Mais l'entraîneur Brooks ne serait-il pas celui qui m'engueulerait à ce sujet ?

Je me dirige vers la salle de réunion où Frankie et l'entraîneur des linebackers attendent avec quelqu'un que je ne reconnais pas. Sa présence est imposante. En plus de ses biceps épais et ses cheveux courts, son absence de sourire lui donne un air menaçant.

Ce n'est pas quelqu'un que j'aimerais croiser en dehors du match. Et je ne suis pas facilement intimidé.

— Désolé de perturber ton entraînement, Knox, mais

nous avons quelqu'un à te présenter, dit le coach Jenkins en m'accueillant dans la salle.

Mes yeux parcourent la pièce, observant la posture des deux entraîneurs. Ils ont l'air à l'aise. Frankie ne l'est pas autant. Elle a l'air plus raide.

— Knox, voici Lucas Black. Il rejoint l'équipe en tant que l'un de nos nouveaux linebackers.

— Est-ce que je suis viré ?

Une masse de plomb me tombe sur l'estomac.

Riley balaie mes paroles d'un revers de main.

— Pas du tout. Avec le départ de certains, nous avions besoin de changer de joueurs, et Lucas est une star en devenir.

Il me fait un signe de tête.

— Ça va ou quoi ?

Ça va ou quoi ?

Pour qui se prend-il, ce gamin ?

Ça va ou quoi ?

Ma grand-mère m'aurait giflé si je m'étais adressé à quelqu'un de nouveau comme ça. Je parviens malgré tout à répliquer :

— Pas encore une star.

Je ne cajole pas mon ego pour le plaisir. Je connais les statistiques. Mes chiffres sont les plus élevés de la ligue cette saison.

— Détends-toi, Knox. Personne ne va te retirer ton job. Mais nous avons besoin d'aide supplémentaire avec Newman, qui sera absent pendant quelques semaines.

Je serre la mâchoire. Je déteste l'idée qu'un nouveau venu vienne menacer ma position et prenne la relève.

J'ai travaillé dur pour arriver là où je suis dans cette ligue. Je ne me suis jamais contenté d'être assez bon. Je me suis toujours efforcé de faire mieux.

Le sentiment d'être remplacé ne m'est que trop familier. Mon père nous a quittés pour fonder une nouvelle famille. Cela m'a donné l'impression d'être au second plan et m'a incité à travailler encore plus dur pour ne plus jamais ressentir cela.

Aujourd'hui, ce sentiment m'envahit à nouveau. Je ne peux rien faire pour y remédier, car si je le fais, je serai sûrement mis sur la touche.

— Bien sûr. Du moment que c'est pour l'équipe.

Riley me donne une tape sur l'épaule.

— Parfait. Tout le monde dehors. Nous allons demander à coach Rose de faire quelques exercices avec la défense.

Frankie lui fait un signe de tête sinistre et ils sortent tous de la pièce. Je ne manque pas de voir la façon dont Lucas m'évalue en sortant.

Enfoiré.

— Knox, arrête.

La voix de Frankie est calme alors que la porte se referme derrière nous.

Je me tourne vers elle.

— Tu ne pensais pas que je méritais de savoir qu'ils allaient engager un nouveau défenseur ?

— Je ne savais pas, dit-elle entre ses dents serrées. On me l'a dit cinq minutes avant que tu ne l'apprennes.

— Putain. Je me passe une main dans les cheveux. Est-ce que ce mec vient vraiment pour combler les trous dans la défense, ou est-ce que c'est mon boulot qui est en jeu ?

— Je ne savais même pas qu'il venait.

— Ah oui ?

Frankie frappe la table d'une main.

— Malgré ce que tu peux penser, je ne sais pas tout ce qui se passe. Je ne suis pas impliquée dans la prise de décision de l'équipe parce que je suis encore entraîneur adjoint, Knox. J'exécute les actions qui me sont données. Je n'ai rien à dire sur ce qui se passe en dehors de ça.

J'ai envie de lancer quelque chose. Donner un coup de poing dans le mur. N'importe quoi pour évacuer cette colère qui bouillonne dans mes tripes.

— J'ai l'impression d'être remplacé, Frankie. La phrase sort avant que je puisse la retenir.

Frankie regarde autour de nous, s'assure que la porte est fermée avant de s'approcher de moi. La pointe de ses baskets est alignée avec les miennes.

— Knox. Tu ne seras pas remplacé, dit-elle en me serrant le biceps avant de s'écarter. Je te promets que tu peux faire confiance à l'entraîneur Riley. Le gars n'a été appelé qu'en renfort pendant que Newman se rétablit et que Taylor est en protocole de commotion cérébrale.

— Tu es sûre ?

— Je te promets.

Je la regarde fixement. Ses paroles devraient être rassurantes, mais il n'en est rien. J'ai toujours peur que ce type me prenne ma place. Frankie me fait un sourire réconfortant, ses yeux marron sont doux.

— On devrait aller sur le terrain, dit-elle en reculant d'un pas. Tu es l'un des meilleurs joueurs que j'aie jamais entraînés, Knox. Ne te laisse pas impressionner.

Trop tard.

Black est en train de faire rire les autres avant même que j'arrive sur le terrain.

— On t'a présenté Lucas, Knox ? Il était en train de nous raconter cette histoire géniale d'une fille avec qui il est sorti quand il jouait à New York, me dit l'un d'eux.

— Je suis sûr que c'était hilarant, dis-je sèchement.

— Tu as besoin d'un coup de main ? dit Lucas en me tapant sur l'épaule. J'ai des compétences sur et en dehors du terrain.

— C'est bon, merci, dis-je en repoussant son bras.

— Tu vois, je pense que tu pourrais avoir besoin de mon aide.

— Ah ouais ? Je croise les bras et lui lance un regard noir.

Quel con !

— J'ai marqué plus de points que toi cette saison.

— Non, je crois pas.

Je connais mes statistiques. Ce type est bon, mais pas aussi bon que moi.

— Plus de pertes de balle forcées.

— Quoi, tu veux une putain de médaille pour avoir fait ton boulot ?

Ma patience s'épuise avec ce type.

— Vous avez fini de bavarder ? Ou vous avez besoin de quelques minutes de plus avant de commencer l'entraînement ? dit Frankie en nous aboyant dessus.

Lucas fait un signe de tête en direction de Frankie tandis que le reste des gars commence à se mettre en rang.

— Et elle alors, tu m'en dis plus ?

— Pardon ?

Je me rapproche un peu plus de cet abruti. Je sais que je n'ai pas besoin d'essayer d'avoir l'air menaçant. La façon dont il regarde Frankie fait bouillir mon sang.

— Doucement, mec. Je demande, juste. Elle est sexy. Je me la taperais bien.

— T'es sérieux ? C'est notre coach.

— Ça veut pas dire qu'elle n'est pas sexy.

Si je ne quitte pas cette conversation maintenant, je vais frapper ce type. Et ça ne va pas me faire du bien.

J'avais enfin l'impression que Frankie et moi étions sur un terrain stable. Je sais qu'elle s'inquiète toujours de la différence d'âge entre nous deux, mais après cette semaine, tout allait bien entre nous

Maintenant, on va devoir s'inquiéter de cet abruti.

Pourquoi les choses ne peuvent-elles jamais être faciles ?

— C'est notre entraîneur. Elle est interdite d'accès, dis-je en le dépassant, le heurtant avec plus de force que nécessaire.

J'ai envie de le foutre par terre.

Peut-être qu'on n'utilisera pas de mannequins de plaquage et que je pourrai le pousser.

Frankie lance le premier jeu et nous nous alignons. C'est une tactique que j'ai exécutée des centaines de fois. Une que je pourrais facilement exécuter dans mon sommeil.

Je ne suis pas concentré sur le jeu. Je suis concentré sur le gars qui sort de la ligne plus vite que moi et qui atteint la cible en premier.

— Bon travail, Lucas. Tu as un bon mouvement de rotation, lui dit Frankie en souriant une fois le jeu terminé. Peut-être que tu pourrais apprendre à quelques-uns de nos gars comment tu as fait ça.

— C'est comme si c'était fait, coach.

Il lui fait un clin d'œil.

Elle ne le voit pas, mais Lucas la regarde comme si elle était sa prochaine cible.

Quand je suis arrivé à l'entraînement aujourd'hui, c'est la dernière chose à laquelle je m'attendais. Peu importe ce que l'entraîneur a dit. Ma position ici n'est pas sûre. J'ai l'impression qu'ils cherchent mon remplaçant.

En plus, si je pars ? Ça veut dire la fin de cette histoire entre Frankie et moi.

Putain.

Les lundis sont les pires.

Chapitre Vingt-Trois

KNOX

— Tu as entendu la nouvelle ? dit Alex en me donnant une tape dans le dos en s'asseyant à côté de moi.

— Quelles nouvelles ?

— Le quarterback de Kansas City est exclu. Il n'a pas passé le protocole de commotion cérébrale.

— Merde, c'est pas vrai ?

Alex acquiesce.

— Leur remplaçant s'est entraîné, mais d'après ce qu'on m'a dit, il a des problèmes.

Un sourire se dessine de lui-même sur mon visage. Je ne pourrais pas m'en empêcher si j'essayais.

— Est-ce que c'est mal que je m'en réjouisse ?

— Non. Ça devrait rendre notre match plus facile demain.

— Ça rend la division encore plus facile.

Avec la victoire de Dallas sur Kansas City la semaine dernière, nous avons encore plus de chances de remporter la division. Il nous fallait de l'aide après notre défaite à Londres.

— Tu penses que tu seras prêt ? demande Alex.

— Je t'emmerde. Bien sûr que je le serai.

Mon téléphone vibre dans ma poche. Je le sors et je vois le nom de ma mère. Sachant qu'elle ne m'appelle jamais la veille d'un match, la panique s'installe dans mes nerfs avant même que je ne décroche.

— Il faut que je réponde.

Alex hoche la tête et je sors dans le couloir silencieux.

— Salut, maman.

— Bonjour, mon chéri.

À la seconde où ma mère dit bonjour, je sais que quelque chose ne va pas. C'est sa voix de maman.

— Qu'est-ce qu'il y a ?

— C'est grand-mère, mon chéri. Elle est... morte.

Mes genoux se dérobent, alors que je m'écroule contre le mur derrière moi.

— Quoi ?

— Je suis désolée, Knox.

— Je lui ai parlé encore ce matin.

Ça n'est pas possible.

Les sanglots de maman arrivent à mes oreilles. Elle n'a jamais caché ses émotions, mais là, c'est trop.

Elle s'est plainte d'être fatiguée après le déjeuner et elle est allée faire une sieste. Comme elle n'est pas descendue dîner, ils ont envoyé quelqu'un dans sa chambre.

— Elle est partie ?

— Elle est partie, répète Maman.

De grosses larmes coulent toutes seules sur mes joues. J'ai l'impression qu'on m'arrache le cœur de la poitrine.

— Je partirai là-bas en avion dans la semaine. Il va falloir s'occuper de plein de choses.

J'agite la tête en suivant les paroles de ma mère, sans vraiment l'écouter.

Ma grand-mère a toujours été là, depuis ma naissance.

Quand mon père est mort, elle était là.

Quand j'avais besoin de quelqu'un pour m'aider à m'entraîner au foot une fois mon grand-père décédé, elle était là.

Elle a toujours été là.

Toujours.

Et désormais, elle est partie.

— ça va, Knox ?

La voix du coach Brooks m'a fait sursauter.

— Tu es toujours là, mon chéri ?

— Écoute, Maman, il faut que je te laisse.

— Ah, OK. Tu me rappelles ?

Je hoche la tête, même si je sais qu'elle ne peut pas me voir.

— Bisous.

— Bisous, mon grand.

Elle raccroche et je reste là, en essuyant rageusement mes larmes.

— Vous avez besoin de quelque chose, coach ?

Il me regarde avec cet air-là, celui qui dit qu'il ne se satisfera pas d'autre chose que de la vérité.

Je laisse échapper un soupir. Je ne veux pas le dire tout haut. Le dire, ça voudrait dire que c'est vrai. Qu'elle ne reviendra plus jamais.

— Ma, euh…

Le coach s'approche et me prend par les épaules. C'est le seul contact que j'ai avec la réalité à cet instant.

— Dis-moi ce qui s'est passé.

— Ma grand-mère est morte, dis-je dans un murmure.

— Je suis tellement désolé, fiston.

Il me laisse pleurer sur son épaule pendant je ne sais combien de temps.

— Qu'est-ce que je peux faire pour toi ? Tu as besoin de rentrer chez toi ce soir ?

— Non, dis-je sèchement, en m'écartant. Il faut que je sois ici.

—Je ne sais pas si c'est une bonne idée, dit le coach en croisant les bras et en me fixe à nouveau des yeux.

- J'en ai besoin. Sinon, je vais tourner en rond toute la nuit.

— Demain seulement, dit-il en pointant un doigt vers moi. Je ne veux pas du tout te voir la semaine prochaine.

—Je comprends.

Je commence à me diriger vers les ascenseurs, mais le coach m'arrête.

— Knox.

— Ouais ?

J'enfonce mes mains dans mes poches.

— N'enfouis pas tes émotions. Appuie-toi sur ton entourage. Perdre quelqu'un qu'on aime n'est jamais facile, et je ne veux pas que ça te ronge de l'intérieur. Prends le temps qu'il te faut. Le football peut attendre.

J'appuie sur le bouton de l'ascenseur. Il n'arrive pas assez vite. La dernière chose dont j'ai envie, c'est d'être ici, exposée à la vue de tous.

Les portes s'ouvrent enfin et je pénètre à l'intérieur, poussant un soupir de soulagement en constatant que la cabine est vide. J'hésite, sans trop savoir sur quel étage appuyer.

Tout en moi hurle d'aller voir Frankie. D'être dans ses bras pendant que je déverse toutes les émotions que je ressens en ce moment.

La tristesse.

La colère.

La rage.

La seule personne que je veux voir en ce moment, c'est elle.

Sauf que je ne le fais pas. J'appuie sur le bouton de mon étage.

Je ne sais pas ce qui m'arrête. Au lieu d'aller voir Frankie, je retourne dans ma chambre.

Ma chambre vide.

Pour noyer mon chagrin.

Parce que je viens de perdre une des personnes les plus importantes de ma vie.

Et que je ne sais pas quoi faire.

– KNOX ! Knox. Tu as raté un autre bloc. Dès que j'ai quitté le terrain, Frankie est dans ma ligne de mire.

— Il est difficile à arrêter.

Ses yeux marron me regardent avec un air de défi.

— Tu le laisses prendre l'avantage sur toi.

— Je sais, Frankie.

— Si tu...

— J'ai dit que je savais, dis-je.

— Alors si tu sais, pourquoi tu ne fais pas ce qu'il faut ? me dit-elle d'un ton tranchant en parcourant le reste de la ligne.

Bordel de merde.

J'ignore les regards de mes coéquipiers que je sens braqués sur moi alors que je m'assieds sur le banc. Je pensais que je contrôlais mieux mes émotions, mais ce n'est pas le cas.

Alex et l'attaque sont stoppés sur l'essai suivant. Je vais chercher mon casque, mais Frankie me stoppe d'une main.

— On envoie Black.

Oh, putain non.

— Tu te fous de moi ?

— Tu ne les as pas arrêtés de la journée, Knox, dit-elle en agitant une main sous mon nez. Il se passe quelque chose et tu n'as pas la tête au jeu.

— On s'en fout, je vais m'en sortir.

— Alors ce sera sur le banc de touche.

Lucas passe devant moi en courant, et je suis prêt à lui foncer dessus et à le pousser vers la ligne de touche, surtout quand il me regarde et me dit :

— Je vais te montrer comment on fait.

In-croy-able, putain.

— Non, mais j'y crois pas, ce mec est vraiment un con !

— Pour l'instant, il va essayer de nous aider à maîtriser ce match, répond Frankie. Elle me jette un regard noir. Maintenant, assieds-toi, Knox, dit-elle en me retenant de faire ce que je veux.

Je lui lance un regard mauvais, incapable de contenir ma colère.

— Tu ne sais pas ce que tu fais.

Elle se redresse et ajuste sa casquette.

— On doit arrêter Kansas City. Le match est encore à notre portée, et j'ai besoin de joueurs qui sont concentrés sur le jeu, dit-elle en reculant d'un pas. Ne m'oblige pas à te le répéter.

Je jette mon casque vers le banc, le plastique s'écrase sur le métal. Je suis sûr que toutes les caméras du stade l'ont filmé, mais pour l'instant, je m'en fiche.

Tout ce que Frankie avait dit qui n'arriverait pas est en train de se produire. Je suis remplacé. Par un crétin à deux balles qui pense qu'il est un Dieu du football.

Je suis seul sur le banc pour le reste du match. Personne ne s'approche de moi. C'est comme si ma mauvaise énergie irradiait le reste de l'équipe. Nous perdons un match serré, un match que nous aurions pu facilement gagner. Je n'ai rien fait pour aider mon équipe à se ressaisir.

Quel capitaine je fais !

Je prends une douche très longue pour éviter les interviews d'après-match. Et les gars. Je sais que je devrais leur dire, mais je ne suis pas prêt à les affronter, eux et leurs mots de condoléances.

Le temps de me changer, le vestiaire est heureusement vide.

Enfin, presque vide.

— C'était quoi ça, Knox ?

Je me retourne et Frankie est là, prête à m'engueuler.

— Tu veux dire de m'avoir mis sur la touche ?

Elle ricane.

— Tu aurais manqué un éléphant dans un couloir aujourd'hui. Qui que ce soit sur ce terrain, ce n'était pas toi.

— J'aurais tout arrangé si tu m'avais laissé.

— J'ai fait ce qu'il y avait de mieux pour l'équipe, rétorque-t-elle entre ses dents serrées.

— Et c'était Lucas ta solution ? C'est un connard qui pense avoir tous les droits.

— Ça n'a pas d'importance qu'il soit comme ça. Il avait la tête dans le match, lui.

C'est comme si je ne connaissais même pas la personne qui se tient devant moi. Bien sûr, c'est Frankie, mais elle porte un masque. J'ai toujours pu lire en elle comme dans un livre ouvert.

Et là ? Rien du tout.

Je ne sais pas si c'est à cause de sa colère contre moi, ou de mes propres émotions, mais à ce moment-là, ça me frappe.

Frankie sera toujours ma coach. Elle donnera toujours la priorité au football. Quoi qu'elle ressente pour moi, c'est secondaire.

L'équipe d'abord.

Knox ensuite.

Message reçu.

Mon cœur déjà fissuré se fend encore plus. Je suis au bout du rouleau.

— Alors je vais faire ce qui est le mieux pour moi, je lui crache. C'est fini.

— Quoi ? Elle fait un pas en arrière.

J'agite un doigt entre nous deux.

— Toi et moi ? C'est fini.

— Knox.

Elle va pour me toucher, mais se retient. Cela confirme tous mes soupçons.

— Je suppose que tu n'as plus à t'inquiéter de te faire virer, dis-je en lui tournant le dos et en attrapant mon sac dans mon casier. Tu dis que tu es à fond, mais tu as un pied en dehors de cette relation depuis qu'on a commencé.

— Ce n'est pas vrai.

Je secoue la tête.

— Tu cherchais une raison de mettre fin à cette relation.

— C'est tout ? Après tout ce qu'on a vécu ?

— Ouais.

Je me retourne. Son visage est toujours impassible, sans aucune émotion. Je ne sais pas du tout à quoi ressemble le mien. Énervé. Triste. Blessé.

— On se reverra, Frankie.

Et voilà, c'est fini.

Je laisse les morceaux de mon cœur sur le sol avec la femme à qui je voulais le donner.

Je suppose que je ne peux pas tout avoir. C'était toujours l'un ou l'autre.

Frankie ou le football.

Je crois que j'ai ma réponse.

Chapitre Vingt-Quatre

FRANKIE

— Newman ! Tu bloques encore au plus bas. Tu dois viser plus haut !

Je le siffle à nouveau, mon agacement se fait sentir. C'est comme si tout ce qu'il avait appris avant d'étirer ses quadriceps avait quitté son cerveau.

— Désolé, coach.

— Ne sois pas désolé. Bloque-les comme je t'en sais capable.

— OK, frappe-les fort et proprement, dit-il en hochant la tête et en retournant à l'entraînement.

La défaite de dimanche a été pour le moins surprenante. Tout le monde s'attendait à gagner, même si nous ne le disions pas. Cela rend l'entraînement encore plus difficile cette semaine.

Avec l'absence de Knox, le moral de la défense en a pris un coup. Les gars m'ont demandé toute la semaine où il était, mais personne de l'équipe ne nous a rien dit.

Raisons personnelles.

Maintenant que Knox et moi ne sommes plus...

enfin… ce que nous étions, je n'ai pas le droit de savoir. Ou de demander.

Et ça me rend folle.

J'essaie de chasser ces pensées de ma tête, mais c'est plus facile à dire qu'à faire. Toute la semaine, j'ai pensé à lui. J'ai essayé de comprendre ce qui avait changé.

Le Knox du vestiaire n'était plus celui que j'avais aimé toutes ces années. Celui qui aimait ses coéquipiers plus que tout. Sa famille. Qui regardait des films d'amour avec moi et mangeait de la glace. Qui m'avait pris dans ses bras lorsque je pleurais après avoir été frappé sur le terrain.

C'est le Knox que j'aime. Celui de dimanche m'a repoussée comme si je ne comptais pas pour lui, tout en emportant mon cœur avec lui.

Je cligne des yeux, reportant mon attention sur l'entraînement. C'est ce sur quoi je dois me concentrer.

— Frankie. Pourquoi on n'essaierait pas de déplacer Newman sur le côté gauche pour voir comment il s'en sort ?

— À Gauche ? C'est là que Knox se positionne.

— Il n'est pas là cette semaine. C'est le coach qui l'a dit.

— Il est blessé ?

Depuis que j'entraîne Knox, il n'a manqué qu'une poignée de matchs. Tous pour cause de blessure.

Le coach Jenkins secoue la tête.

— Tu en sais autant que moi.

— Bon, combien de temps va-t-il être absent ?

Je déplace le bonnet sur ma tête, les nerfs en ébullition.

—Je ne sais pas.

— Notre capitaine est absent et nous ne savons pas pour combien de temps. Est-il absent pour le reste de la saison ? Comment sommes-nous censés planifier les matchs alors que nous ne savons pas s'il va jouer ?

— Écoute, Frankie – il secoue la tête d'un air exaspéré – je ne sais rien non plus et je n'aime pas ça. On ne peut pas faire grand-chose si personne ne nous le dit.

— Mais pourquoi ils ne nous le disent, alors ?

Il hausse les épaules et retourne sur la ligne.

L'entraînement se prolonge. Knox étant parti, on dirait que personne n'a le cœur à s'y mettre. Même avec un match de division important ce week-end.

Après un nouveau blocage manqué, je siffle.

— Très bien les gars. Ça suffit. Allez à la salle de musculation et on en aura fini pour la journée.

La moitié des gars se dirigent directement à l'intérieur, pour ne pas être rappelés à l'ordre. L'autre moitié prend de l'eau et s'attarde sur le terrain.

— Je promets de faire mieux demain, coach. Newman a l'air déprimé alors qu'il se laisse tomber sur le terrain à côté de moi.

— Tu es un grand joueur. Les grands joueurs ont tous des jours sans. Repose-toi ce soir et nous reprendrons demain.

Il me fait un sourire reconnaissant tandis que l'entraîneur Brooks s'approche de nous.

— Je peux te parler dans mon bureau ? Si tu as une minute.

— Moi ? Je me désigne du doigt, sans trop savoir à qui il s'adresse.

— Oui, toi ! répond-il en riant. C'est bon ?

Je repousse la paranoïa qui s'installe dans mon esprit.

— Bien sûr.

— On dirait que tu vas vomir, dit Newman en regardant la silhouette de l'entraîneur s'éloigner.

— Tu veux faire des tours de piste ?

— Putain, non.

Il se redresse d'un coup et s'en va vers les vestiaires.

Je le suis, mais beaucoup plus lentement. Il n'y avait rien dans le ton de l'entraîneur qui laissait entendre que j'avais des ennuis.

Mais chaque fois qu'il me convoque dans son bureau, j'ai l'impression que c'est le cas. Comme si mon secret avait été découvert et que j'allais être renvoyée sur le champ.

Je ralentis plus je m'approche du bureau. Les murs du gymnase sont couverts de photos des Mountain Lions et de trophées gagnés.

Est-ce que c'est la dernière fois que je marche dans ces couloirs ?

J'arrive au bureau du coach et je prends une grande inspiration avant de frapper.

— Entrez !

J'ouvre la porte et j'entre dans le bureau.

— Tu n'as pas besoin de faire cette tête, Frankie ! me dit le coach Brooks l'air détendu, appuyé contre son dossier et le sourire aux lèvres.

— J'ai l'impression d'avoir été convoquée chez le principal.

— Eh bien, c'est mieux que ça, j'espère. Assieds-toi.

Je m'exécute et glisse les mains sous mes cuisses pour éviter de gesticuler.

— Pourquoi vous voulez me voir ?

— Le job est pour toi.

— Pardon, quoi ?

— Tu es officiellement l'entraîneuse des linebackers. Le job est pour toi si tu veux.

Je suis abasourdie, muette.

D'aussi loin que je me souvienne, j'ai toujours voulu être entraîneuse principale. Je voulais gravir les échelons et mener une équipe à la victoire dans tous les domaines.

J'ai commencé comme assistante dans le département de l'équipement des Mountain Lions. Aujourd'hui, plus de dix ans plus tard, j'ai enfin la chance de diriger une partie de l'équipe.

Ce n'est peut-être pas le but ultime, mais c'est un pas de plus.

Et assise ici aujourd'hui, dans le bureau de l'entraîneur, je ne me sens pas à ma place.

— Je ne sais vraiment pas quoi dire.

Le sourire disparaît de son visage.

— J'espérais que tu dises oui tout de suite.

Cela aurait dû l'être. Le visage de Knox, dimanche dernier, me revient en tête. L'air déprimé qu'il avait. Il a mis fin à notre relation. Il n'y a aucune raison pour que ce travail ne soit pas le mien.

Il te suffit de dire oui.

Mais je ne peux pas. À cause de Knox.

— Je ne peux pas.

— Tu ne peux pas ? Frankie, c'est une grande opportunité pour toi. Je sais que ton but est d'être assise ici, dit-il en montrant sa propre chaise. Je croyais que c'était ce que tu voulais ?

— C'était...

— Qu'est-ce qui a changé ? Le coach se penche en avant et joint les mains. Ses yeux me scrutent.

J'expire. C'est le moment de tout avouer. De tout lui dire. Parce que la seule façon pour moi d'avoir un avenir avec cette équipe, c'est d'avoir la conscience tranquille.

Ou pas d'avenir du tout.

— Je dois vous dire quelque chose et vous n'allez probablement pas aimer.

— Qu'est-ce que c'est ? Son visage se durcit.

— J'ai couché avec un des joueurs.

Le silence est tel qu'on entendrait une mouche voler. La chaleur me monte aux joues tandis qu'il me fixe.

Oh, mon Dieu, il va me virer sur le champ.

— Pardon, tu as dit quoi ?

— J'ai…

Il lève une main.

— Je t'ai entendue. Je n'arrive pas à y croire, c'est tout.

Je veux détourner le regard, mais c'est difficile quand j'ai l'impression qu'il peut me lire comme un livre ouvert. Je lutte contre l'envie de remuer sur ma chaise.

— Et pourquoi tu me dis ça maintenant ?

— J'aime cette équipe, Coach. Je n'ai jamais voulu faire quoi que ce soit qui puisse compromettre ma position ici. Et même si la relation entre ce joueur et moi a pris fin, je ne pourrais pas accepter cette promotion en toute conscience. Je vous respecte trop.

Il se passe la main sur le visage.

— Tu es l'une des meilleures coachs avec qui j'ai travaillé, Frankie. C'est pourquoi c'est vraiment difficile.

Ma lèvre tremble.

— Je suis virée ?

Il secoue la tête.

— Je n'en sais rien. Je n'ai jamais eu à me soucier de cela auparavant. Pourquoi tu me le dis, d'ailleurs ? Si tu as mis fin à tout ça comme tu le dis, pourquoi t'inquiéter ?

Je déglutis à cause de la boule d'émotion qui monte dans ma gorge. Chaque moment passé avec Knox au cours des dernières années me revient en mémoire.

C'était tranquille. Et ça n'était que pendant la saison. Aucun de nous ne voulait se faire surprendre ensemble pendant l'intersaison et risquer sa place dans l'équipe.

J'avais eu beau essayer de le nier, j'étais tombée amoureuse de Knox en cours de route. Je n'avais jamais désiré quelqu'un comme je l'avais fait pour lui.

— Je l'aime.

Si le nier signifie obtenir la promotion, je n'en veux

pas. Il y aura d'autres emplois, mais il n'y a qu'un seul Knox.

Je mets une main sur ma bouche. Merde.

— T'es sérieuse ? Notre capitaine ?

— Est-ce que ça aurait été mieux si c'était un débutant ?

Il grogne.

— Non.

Je me mordille la lèvre, essayant de tenir les émotions à distance.

— Je ne sais pas ce que je vais faire, Frankie. Tu m'as mis dans une situation vraiment difficile.

Je hoche la tête, inquiète de me mettre à pleurer si je parlais.

— Viens demain. Je veux que l'entraînement se passe comme d'habitude. Les gars ont déjà assez de mal comme ça avec l'absence de Knox pour les prochaines semaines. Je vais parler à la direction et voir ce qu'elle veut faire.

Cela retient mon attention.

— Vous savez pourquoi il est parti ?

— Tu ne le sais pas ?

Je secoue la tête.

— Il ne voulait pas que je le dise, continue-t-il, mais sa grand-mère nous a quittés.

— Darlene est morte ? dis-je dans un hoquet. Quand ça ?

— La semaine dernière, avant le match.

Mes yeux se ferment tous seuls.

Tout cela a beaucoup plus de sens maintenant. Sa réaction à sa mise sur la touche était tout à fait disproportionnée. Il s'est emporté parce que sa grand-mère était morte.

Mon cœur déjà brisé est en miettes. Knox aimait sa grand-mère plus que quiconque. Je ne peux pas imaginer ce qu'il traverse en ce moment.

— Ça va ? demande l'entraîneur. Son visage s'est adouci, mais il n'a toujours pas l'air content de moi.

— Knox n'était pas dans son assiette après le match. Je crois que je sais maintenant pourquoi.

— Ce n'est jamais facile de perdre quelqu'un qu'on aime, dit le coach en se levant. Je fais de même. Nous en reparlerons demain.

Je me retourne pour sortir, mais je m'arrête.

— Pour ce que ça vaut, je ne suis pas désolée.

— Ah, bon ?

Je secoue la tête.

— Non. Est-ce que je suis désolée de vous mettre dans cette situation ? Oui, plus que vous ne pouvez l'imaginer. Mais je l'aime. Probablement plus que je ne le pense et plus qu'il ne le pense. Et s'il y a ne serait-ce qu'une chance que nous ayons un avenir ensemble, je veux la saisir. Si je suis licenciée et que je dois recommencer à zéro, je le ferai. Ne vous méprenez pas, ce sera horrible pour moi, mais Knox en vaut la peine.

Il vaut tout.

Le coach acquiesce.

— À demain, Frankie.

Chapitre Vingt-Cinq

KNOX

— La seule chose que Darlene n'avait pas choisie, c'est l'urne. Nous avons quelques échantillons que vous pouvez regarder si vous voulez en choisir une.

Le directeur des pompes funèbres est trop guindé. Son visage ne montre aucune once d'empathie. Je ne sais pas comment ma mère a la patience de traiter avec lui, mais elle le fait. C'est une sainte. Je me serais déjà emporté contre lui.

— Knox ?

Une main chaude sur mon bras ramène mon attention sur ma mère.

— Tu veux les regarder avec moi ?

Ses yeux sont rouges, comme ils l'ont été toute la semaine.

— À quoi ça sert ? Ce n'est pas comme si elle se souciait de là où elle est, je grommelle.

— Je vous laisse une minute.

L'homme devant nous quitte la pièce, fermant discrètement la porte derrière lui.

— Tu n'as pas besoin d'être impoli.

J'essaie de répondre, mais maman me coupe la parole.

— Et avant que tu ne songes à dire que tu ne l'es pas, je te conseille d'y réfléchir à deux fois.

Putain.

La dernière personne sur laquelle je devrais passer ma colère, c'est ma mère. Elle a eu une semaine aussi difficile que la mienne.

Sauf qu'elle ne connaît pas l'autre raison de mon amertume. Celle qui n'a rien à voir avec ma grand-mère et tout à voir avec la femme que j'ai quittée à Denver.

— Je suis désolé. C'est juste qu'il y a beaucoup de choses qui se passent en ce moment, et je n'ai pas mon exutoire habituel quand je m'attaque à des mannequins à l'entraînement pour m'aider.

— Ça n'excuse toujours pas ton comportement.

Je peux toujours compter sur ma mère pour me remettre à ma place.

— Qu'est-ce qui se passe ? ajoute-t-elle.

Maman me fixe d'un air si sévère qu'il me rappelle ma grand-mère. Mon cœur déjà fissuré se fend encore plus.

— J'ai quelqu'un là-bas, enfin, *j'avais* quelqu'un et maintenant je ne l'ai plus.

— Aah ! dit ma mère en se levant et en me tendant la main. Allons nous promener.

Perdu, je fronce les sourcils.

— On ne doit pas finir les préparatifs ?

— Ça attendra.

Je pousse la porte et la suis sur le terrain boisé. Les feuilles mortes s'accrochent aux arbres pour tenter de survivre. L'herbe est sèche depuis longtemps et le ciel est d'un gris morose.

Il correspond parfaitement à mon humeur.

— Que s'est-il passé ?

Ma mère me prend le bras et nous empruntons le

chemin entre les tombes. Nos pieds nous amènent sur un chemin que je connais bien. Mamie sera enterrée juste à côté de Grand-père.

— Nous n'avions pas le droit d'être ensemble, je lui explique en donnant un coup de pied à une pierre pour l'écarter du chemin. Ce n'est pas comme si nous avions un véritable avenir.

— J'imagine que la femme en question est Frankie ?

Je m'arrête, pas sûr d'avoir bien entendu.

— Comment tu sais ça ?

— Chéri, je ne suis pas aveugle. Ta grand-mère et moi l'avions bien compris. Surtout ta grand-mère.

— Ah bon ?

Elle acquiesce et passe son bras autour du mien alors que nous marchons sur un chemin familier jusqu'à l'endroit où mon grand-père est enterré.

— Après que toi et Frankie avez joué aux dominos avec elle, elle m'a appelée et m'a dit que tu avais rencontré la femme de ta vie.

— Pourquoi ne me l'a-t-elle pas dit ?

Ma mère éclate de rire, d'un rire profond et joyeux que je n'avais pas entendu depuis quelques jours.

— Pour avoir été élevé par deux femmes, tu ne comprends pas grand-chose.

— Ah oui ? Je croise les bras. Comme quoi ?

— Mamie a bien vu à quel point elle tenait à toi quand elle est venue à la maison de retraite. Elle l'a encore vu quand nous étions à Londres.

Je me laisse tomber sur un banc voisin.

— Je pensais que Frankie l'invitait à sortir pour être polie.

Maman s'assied à côté de moi.

— Polie, oui. Mais tu peux aussi dire non poliment.

Elle voulait être avec toi autant que tu voulais être avec elle.

— Putain.

— Surveille ton langage ! me sermonne ma mère avant de me donner une tape sur le bras. Pour la première fois depuis longtemps, tu avais l'air heureux.

— J'ai toujours été heureux.

— Tu aimes le football, c'est sûr. Mais tu avais besoin de quelque chose en dehors du jeu. Et elle te l'a donné. Nous étions toutes les deux tellement inquiètes que tu ne trouves personne à cause de la façon dont ton père était parti, et aucune de nous deux ne voulait que tu finisses ta vie tout seul.

Je déteste le fait que malgré toutes ces années, le départ de mon père soit encore une blessure non cicatrisée. Aussi fort que j'aie essayé, elle est toujours là. Et cela m'a poussé à rejeter la meilleure chose qui me soit jamais arrivée – tout cela parce que j'avais peur qu'elle me remplace par quelqu'un d'autre.

— Je ne la mérite pas.

— C'est complètement faux.

Je tends les jambes devant moi, laissant l'air froid s'infiltrer dans mes os. Peut-être que ça me fera moins mal. Le mal est constant. Un coup, Mamie me manque, et l'instant d'après, c'est Frankie. C'est sans fin.

— J'ai pété les plombs. Elle m'a retiré du match et je l'ai perdue.

— Un match auquel tu n'aurais pas dû participer pour commencer, me fait remarquer maman.

J'éclate de rire, la première fois depuis une semaine.

— Je sais.

— Si ta grand-mère était là, elle dirait que tu es une tête de cochon.

Un sourire larmoyant se dessine sur mon visage.

— Je suis sûr qu'elle aurait d'autres mots choisis à ajouter.

— C'est sûr. Mais ce que tu as fait à Frankie, est-ce que tu peux t'en excuser ?

Je passe une main sur mon visage.

— Bien sûr. Mais ça ne change rien à la réalité de notre situation.

Maman croise les bras et se tourne vers moi.

— Tu l'aimes ?

— Bien sûr que je l'aime., dis-je sur un ton un peu trop défensif.

— Alors, change ta situation.

Elle le dit comme si c'était la chose la plus facile à faire.

— C'est ma coach, maman. Ce n'est pas vraiment quelque chose que je peux modifier, à moins que l'un de nous ne change d'équipe. Et ça servirait à quoi, alors ?

— Je t'aime mon chéri, mais parfois tu es un peu bête, dit ma mère en riant et en passant un bras autour de mes épaules.

— Ah ben, merci beaucoup.

— Si tu aimes cette femme comme tu le dis, tu ne devrais pas laisser quoi que ce soit se mettre en travers de ton chemin. L'une des dernières conversations que j'ai eues avec grand-mère était qu'elle était heureuse de savoir qu'on s'occuperait de toi. Que tu avais trouvé quelqu'un pour te remettre à ta place et t'obliger à rester sur tes gardes.

Les larmes me montent aux yeux en entendant cela. Parce que c'est exactement le genre de chose que Frankie aimerait.

— Frankie me fait penser à elle. Elle est forte. Elle ne m'a jamais laissé m'en tirer facilement, mais elle m'a toujours donné l'impression que je pouvais faire tout ce que je voulais.

— Tu as besoin de quelqu'un comme ça. Ne la laisse pas partir juste à cause de ta situation. Si elle est aussi forte que tu le dis, tu devras te battre pour elle.

Un poids se détache de mes épaules et je me penche davantage vers ma mère.

— J'espère qu'elle sera encore là pour que je me batte quand je rentrerai à la maison.

— Je n'en doute pas une seconde. Maintenant, tu veux bien venir m'aider à choisir une urne pour qu'on puisse partir d'ici ? Ce type me donne la chair de poule.

Je me mets à rire.

— Seulement si c'est une urne vraiment moche.

Maman dépose un baiser sur ma tête et se lève.

— Personne ne pourra jamais nier que tu es du même sang que ta grand-mère. Finissons-en avec ça.

Chapitre Vingt-Six

FRANKIE

— Frankie. Le coach veut te parler ! me crie l'un des assistants depuis la ligne de touche.

— Merci. J'irai dès qu'on aura fini l'entraînement.

— Il a dit tout de suite.

Merde.

Cela fait des jours que j'ai le ventre noué. Je me suis préparée comme si c'était ma dernière semaine d'entraînement. Si on me vire, personne ne voudra plus m'embaucher. Je suis peut-être une bonne entraîneuse, mais cela ne veut pas dire qu'une autre équipe voudra prendre la peine de m'embaucher.

Ce n'est pas comme si j'avais couché à droite et à gauche.

Je suis juste tombée amoureuse du mauvais gars, c'est tout.

— Très bien, les gars. Sprints rapides. Dix tours et c'est tout.

Je fais un signe de tête à l'assistant à côté de moi et je me dirige vers les bureaux du centre d'entraînement.

Ces murs ont été ma maison loin de chez moi. J'ai tout

donné à cette équipe. J'aime ce jeu plus que tout et je ne suis pas prête à m'en séparer. À chaque pas, j'ai l'impression de marcher vers ma propre exécution.

Je frappe à la porte du bureau et on me dit d'entrer.

— Vous vouliez me voir ?

— Assieds-toi, Frankie.

L'entraîneur dépose ses lunettes à côté de son ordinateur et je m'assieds devant son bureau. Je peux voir mes gars à travers la fenêtre du terrain d'entraînement. Son visage est tendu, impassible. Je ne sais pas à quand remonte la dernière fois où je ne l'ai pas vu sourire. Ce regard sévère me donne la nausée. Il a toujours été l'une des personnes les plus faciles à vivre que je connaisse.

Je déteste que ce soit moi qui subisse cette situation.

— Tu m'as mis dans une position très difficile, Frankie.

— Je sais. Et j'en suis désolée, dis-je en glissant mes mains sous mes fesses, essayant de faire n'importe quoi pour empêcher mes nerfs d'exploser. Je n'ai jamais voulu que cela arrive.

— Je n'avais jamais eu à faire face à ce genre de choses avant. Que mes coachs tombent amoureux de mes joueurs.

Je ricane.

— Croyez-moi, je ne voulais pas que ça arrive. Ça s'est fait comme ça.

— Cette situation est sans précédent. Nous avons une politique de non-fraternisation entre les coachs et les joueurs, mais c'est la première fois que ça arrive.

— Parce que je suis l'une des seules entraîneuses de la ligue, dis-je en soupirant.

— L'une des deux, maintenant.

— Ça implique quoi pour moi ?

— On ne peut pas te promouvoir au poste d'entraîneuse des linebackers. Je suis désolé, Frankie, ce serait trop compliqué.

Mon cœur se brise. Tout ce que j'ai toujours voulu depuis que mon frère a commencé à jouer au foot, c'était d'être coach.

Et j'ai complètement gâché toutes mes chances.

— Je comprends.

— Le coach Reich va prendre les linebackers et on te fait passer coach de demi de sûreté.[1]

— Vous êtes sérieux ?! dis-je sans pouvoir cacher la surprise dans ma voix.

— Je vais être franc avec toi, Frankie, dit le coach en se levant pour faire le tour du bureau. Tu es une bonne coach…

— Pour une femme ?

Je déteste qu'il y ait toujours cette remarque à la fin.

— Non. Point final. Tu es une des meilleures avec qui j'aie travaillé. Tu n'acceptes aucune connerie de la part des gars, et tu trouves toujours de nouveaux moyens d'améliorer la ligne entière. C'est pourquoi on ne veut pas se séparer de toi. Même si tu as enfreint les règles, la direction ne veut pas te perdre au profit d'une autre équipe.

— C'est vrai ? dis-je d'une voix douce.

Le fait d'être l'une des seules femmes à entraîner dans cette ligue n'a pas facilité les choses. J'ai dû me battre pour chaque centimètre gagné. Et même là, il s'agissait de petites victoires, et je devais continuer à me battre pour la suivante.

— Oui. Mais nous avons quelques règles de base.

— Tout ce que vous voulez.

— Pas d'ingérence. Tu n'aimes pas la décision qu'ils ont prise concernant les linebackers ? Garde ça pour toi. Tu n'as qu'une seule chance. Si tu fais preuve de favoritisme à l'égard de Knox en utilisant ta position, tu es virée.

1. Le demi de sûreté est le dernier rempart défensif d'une équipe.

Je déglutis.

— Compris.

— Je le pense vraiment. Je ne veux pas avoir à gérer des gars qui viennent me voir en pleurnichant parce que les entraîneurs ont pris une décision pour que ton petit ami ne soit pas triste.

J'éclate de rire.

— Je ne pense pas que quelqu'un ait pu m'accuser de favoritisme quand je l'ai mis sur la touche dimanche.

Le coach pointe un doigt vers moi.

— Mais ça a montré que tu pouvais faire des choix difficiles quand c'était nécessaire. C'est difficile de faire ça quand on est entraîneur. Et c'est pour ça que je me suis battu pour toi. Ça n'a pas dû être facile.

Je grimace, détestant encore avoir dû prendre cette décision.

— C'était pour le bien de l'équipe.

Il acquiesce.

— Et même si je ne pense pas que Knox ait été d'accord à ce moment-là, tu as fait passer l'équipe en premier.

— J'aime cette équipe, Coach. Et je suis désolée si mes actes l'ont mise en péril. Je ferai tout ce qu'il faut pour vous le montrer et revenir dans vos bonnes grâces.

— Fais juste le travail dont je te sais capable. Nos demis de sûreté ont besoin de travailler et s'il y a quelqu'un qui peut les faire tourner rond, c'est bien toi.

— C'est comme si c'était fait.

Je pousse un soupir de soulagement. La promotion dont je rêvais n'est peut-être plus là, mais j'ai la chance d'avoir encore un travail.

— La direction te suspend pour une semaine, en étant payée.

— En étant payée ?

— Oui. Je te conseille de relire le livret des tactiques avec la sûreté à l'esprit.

J'essaie de lutter contre le sourire.

— Et ma relation amoureuse ?

— C'est à toi de voir ça avec Knox. Mais les RH auront quelques formulaires à te faire remplir si tu décides de poursuivre cette relation.

Le coach contourne le bureau et s'assied, me congédiant de fait.

Je me lève.

— Merci, Coach. Je sais que vous auriez pu me licencier et en finir, mais je vous remercie de vous être battu pour moi.

Il me sourit gentiment.

— Tu as ce qu'il faut pour aller loin, Frankie. J'espère que ce n'est qu'un accident de parcours sur la route qui te mènera au poste d'entraîneur principal.

J'inspire profondément.

Oui, cela a toujours été mon rêve. Mais c'est la première fois que quelqu'un d'autre que moi le reconnaît.

— Maintenant, vas-y, ajoute-t-il.

— Puis-je vous demander une faveur avant de partir ? je lui demande en tordant mes mains devant moi.

Notre relation est étalée au grand jour. Ou ce qu'il en reste. Je ne sais pas s'il y a une chance de sauver ce que nous avions, mais je dois essayer.

Peut-être que maintenant je peux avoir le meilleur des deux mondes.

— Ça dépend de ce que c'est.

L'entraîneur laisse tomber le stylo dans sa main.

— Je sais que je suis suspendue, mais ça vous dérange si j'emmène quelques gars avec moi ? Je veux être là pour Knox, à l'enterrement, et je sais qu'ils voudraient être là aussi.

— Renvoie-les-moi en un seul morceau avant le match.

Chapitre Vingt-Sept

FRANKIE

Suspendue.

Putain de merde. Ça aurait pu être bien pire, mais ça n'a pas été le cas.

Suspendue. Avec salaire.

Bien sûr, j'ai peut-être gâché ma promotion, mais j'ai toujours un travail. Il me faudra peut-être du temps pour obtenir une nouvelle promotion ou monter en grade, mais je ferai tout pour.

Les mains tremblantes, je me dirige vers la salle de musculation, espérant y trouver les gars. Mais en tournant dans le couloir, je tombe sur Colin.

— Bonjour, Frankie.

Je souffle.

— Bonjour.

— Ça va ?

— En fait, il faut que je te parle.

— À moi ? dit-il en se désignant. Pourquoi ?

— Eh bien, à toi, Jackson, Logan et Alex.

— Encore une fois, pourquoi ? Pourquoi tu as besoin de nous quatre ?

Ce n'était peut-être pas une chance de tomber sur lui. Ça aurait été plus facile avec Alex.

— C'est à propos de Knox. Est-ce que tu parles à tous tes entraîneurs de cette façon ?

Il se dandine d'un pied sur l'autre et me regarde comme s'il se demandait s'il pouvait me faire confiance.

— Suis-moi.

Je le suis, avançant de plus en plus loin dans le bâtiment. Il pousse une porte et je le suis dans une petite salle de cinéma avec les gars en question.

— Qu'est-ce que vous faites tous ici ? Mon regard passe de l'un à l'autre.

— Tu as dit que tu voulais parler de Knox. C'est ce que nous faisions.

Alex se lève et traverse la pièce. Sa présence est imposante. Il en a toujours été ainsi. Il est davantage que le capitaine et le quarterback. Il dirige tout le monde d'une manière à la fois douce et autoritaire. Les gens ne veulent pas le décevoir parce qu'il se donne à fond et qu'il attend la même chose d'eux.

— Le coach vous a dit ce qui s'était passé ?

Je pose les yeux sur chacun d'entre eux. Les joueurs de football ne m'intimident pas. Je ne les ai jamais intimidés. J'ai grandi à leurs côtés, je les ai entraînés au cours des dix dernières années. Je peux supporter leur ego.

Mais en présence de ce groupe de gars, j'ai des papillons dans le ventre. Je sais à quel point Knox est proche d'eux. Je suis déjà l'outsider ici.

— Oui. Il t'a mise au courant ? demande Colin, qui se tient à côté d'Alex.

Ces types sont carrément la première ligne de défense pour atteindre Knox.

Attention spoiler. Je le sais déjà.

— Oui. Comme j'ai maintenant du temps libre, je vais aller à l'enterrement.

— Mais pourquoi ? Vous vous détestez tous les deux, dit Logan en venant se placer de l'autre côté d'Alex tandis que Jackson évalue la situation depuis son siège.

— Genre *vraiment*, acquiesce Colin. Tu es toujours en train de lui reprocher quelque chose qu'il a mal fait à l'entraînement ou de lui faire faire des exercices supplémentaires. Pourquoi irais-tu à l'enterrement si tu le détestes autant ?

Les hommes. Absolument aucune psychologie.

— Knox et moi on ne se déteste pas…

Colin s'esclaffe, m'interrompant.

— Tu veux bien la laisser parler ? lui chuchote Alex.

— Ce n'est pas comme s'ils étaient... Logan se tourne soudain vers moi, les yeux écarquillés par le choc. Oh, merde. Vous couchez ensemble !

— N'importe quoi !

— T'es sérieux, putain ? Non !

— Oh, oh. Sûrement pas. Ça n'arrivera jamais.

— Depuis combien de temps ça dure ?

Ils sont tous en train de se crier dessus maintenant. Je les laisse faire, allant m'asseoir à côté de Jackson, qui me fixe toujours.

— Tu as quelque chose à ajouter à ça ? dis-je en agitant un pouce derrière moi, alors qu'ils sont tous les trois en train de se disputer.

— Vous êtes heureux ensemble ?

— On l'était, oui.

— Était ? dit-il en se penchant en avant. Les gars. Vous voulez bien arrêter de vous disputer ?

Il a l'air exaspéré, et ils se calment immédiatement.

Je fais face aux gars, puis à Jackson.

— Il va falloir que tu me montres comment tu fais.

Parfois, à l'entraînement, je n'arrive pas à faire en sorte que les gars écoutent aussi bien.

— Ça ne marche qu'avec les gens qui se comportent comme des gamins de cinq ans, dit-il en souriant.

— Hé, je suis plus mature que ces deux-là, se plaint Alex.

— Je… commence Colin qui réfléchit. Non, tu as raison. C'est vrai. Mais comment peut-on s'attendre à ce qu'on reste calmes quand tu nous dis que vous avez couché ensemble ?

— J'avais compris, dit Logan.

— Tu avais deviné, je le corrige.

— C'est la même chose. Je l'avais quand même deviné avant ces gars-là.

— Alors je t'offre un cookie, lui dit Colin. Ce que je veux savoir, ce sont les détails.

Je grimace.

— Tu n'as pas besoin de détails.

Colin agite une main devant moi.

— Je ne veux pas de détails grossiers. Mon Dieu, Frankie. Élève un peu le débat. On croirait que tu entraînes des joueurs de football ou je sais pas quoi.

— Tant mieux. Parce que tu n'en aurais pas eu.

— OK, ça me fait un peu flipper, dit Logan en s'asseyant en face de moi. Maintenant que je sais ça, j'ai l'impression que Knox et toi êtes si semblables, c'est tellement logique.

— Arrête de faire comme si tu avais su, lui dit Jackson. Non, mais vraiment, depuis combien de temps ?

Je fixe le plafond, essayant de me rappeler combien de temps s'est écoulé depuis cette tempête fatidique à Buffalo.

— Environ quatre ans ? À peu près.

Cela les fait tous taire. Leurs mâchoires pendent tandis qu'ils me regardent tous, essayant clairement de comprendre comment ils ont fait pour ne pas s'en rendre compte.

— Quatre ans ? Toi et Knox vous êtes ensemble depuis si longtemps ? demande Alex.

— Techniquement, moins. Nous n'étions ensemble que pendant la saison pour que personne ne l'apprenne.

— Je ne comprends pas comment vous avez fait, dit Alex impressionné. J'ai à peine tenu quelques mois en cachette avec Carter avant de craquer.

— Attendez, dit Jackson en levant la main. Toutes ces fois où tu es venue le chercher pour repasser les vidéos ?

Je fronce les sourcils en hochant la tête. Pour lui, ça a l'air tellement scandaleux.

— Putain de merde. Je croyais que c'était le pire des joueurs.

— Knox est l'un des meilleurs joueurs que j'aie jamais entraînés. Et cela inclut Roberts. Roberts qui est entré au Panthéon l'été dernier.

— Waouh ! Toutes ces années. Je me sens un peu idiot de ne pas l'avoir remarqué, déclare Alex. Pourquoi nous le dire maintenant ?

— Disons que les choses se sont un peu compliquées.

— Tu veux dire que Knox a perdu la boule, qu'il a quitté la ville et qu'il n'a parlé à personne de sa grand-mère jusqu'à ce qu'on le harcèle ? dit Logan sans ambages.

— Eh bien, oui.

— Qu'est-ce que tu comptes faire de Knox ? demande Colin en croisant les bras et en s'appuyant sur la table.

Je sens qu'il essaie de s'imposer, mais cela ne fait que me faire rire.

— Je suis désolée, mais est-ce que tu essaies de me faire craquer ?

Il jette un coup d'œil aux autres avant de prendre un air contrarié.

— Non. Je me soucie juste de lui.

— Il te demande quelles sont tes intentions avec notre Knox, dit Alex en passant de Colin à moi. On aime Knox et si tu ne faisais que t'amuser...

— Excuse-moi, mais… Je me lève d'un bond de mon siège... Vous croyez que je ferais voler ma carrière en éclats pour quelque chose de moins que de l'amour ?

— Tu t'es fait virer ? demande Jackson.

Je secoue la tête.

— Non. Mais au lieu d'être promue, je suis transférée à la sûreté.

— Et tu as fait tout ça pour Knox ? renchérit Alex.

J'expire, l'agacement commençant à m'envahir.

— Qu'est-ce que vous voulez que je vous dise pour que vous croyez à mes sentiments pour Knox ?

— C'est difficile de changer de point de vue, dit Colin. Pendant des années, Knox s'est plaint de toi, et maintenant on apprend que vous étiez... ben, ça. Il grimace à cette idée.

— Oh, grandis un peu, Colin, plaisante Logan. Pour ma part, je suis heureux si Knox est heureux.

Le regard qu'il me lance me dit qu'il vaut mieux que je connaisse la réponse.

— J'aimerais bien avoir la réponse à cette question. Knox et moi avons eu une grosse dispute après le match et maintenant je ne sais plus où en sont les choses.

— Tu as fait voler ta carrière en éclats et tu ne sais pas où tu en es avec Knox ? demande Colin.

Je hoche la tête.

— Oui.

— Merde. Tu l'aimes vraiment.

Je lève les yeux au ciel.

—Je suis contente que cela confirme ce que je viens de vous dire.

— Qu'est-ce que tu vas faire ? demande Alex. On était tous là et on s'est fait avoir. Tu as l'intention d'y remédier ?

Je regarde chacun d'entre eux. Des gars que je connais par le biais de l'équipe, mais pas très bien. Assise ici avec eux, je comprends pourquoi Knox les aime tant.

— Vu que j'ai du temps libre, j'ai l'intention d'aller à l'enterrement. Je ne sais pas s'il voudra me voir ou non, mais je vais essayer. Il ne devrait pas être seul en ce moment.

— Nous avions aussi prévu d'y aller, dit Alex en désignant tous les autres. L'entraîneur a dit que le propriétaire pouvait nous prêter son jet pour qu'on puisse faire l'aller-retour avant le match de ce week-end.

— Ça vous dérange si j'y vais avec vous ?

— Tant que tu n'as pas l'intention de lui briser le cœur.

— Croyez-moi, vous tous, si le cœur de quelqu'un doit se briser, c'est le mien. Parce que je l'aime et que je ne sais pas s'il me reprendra.

Ils échangent tous un regard.

— Oh, ce grand imbécile adorable te reprendra. Fais-nous confiance.

J'espère qu'ils ont raison. Parce que j'aime vraiment ce grand imbécile.

Et je veux plus que tout qu'il revienne.

Chapitre Vingt-Huit

KNOX

— Arrête de gigoter, dit ma mère en écartant mes mains de ma cravate.

— Désolé.

J'enfonce mes mains dans mes poches et je bascule sur mes talons alors que les derniers invités entrent dans le funérarium.

— Je déteste les costumes.

— Tu en portes toutes les semaines pour les matchs, me fait-elle remarquer.

— Oui, mais ça ne veut pas dire que j'aime ça.

— C'est seulement parce qu'il n'est pas aussi beau que moi quand il en porte un.

Je me retourne au son de la voix de Colin. Alex, Logan et Jackson sont tous avec lui.

— Qu'est-ce que vous foutez ici ?

Une autre tape de maman.

— Ton langage !

— Qu'est-ce que vous faites ici ? je me corrige.

Maman me serre le bras.

— Je vous laisse quelques minutes. Je viendrai te chercher avant qu'on commence.

— Merci, dis-je en lui adressant un sourire reconnaissant. On a un match dimanche, les gars.

Colin lève les yeux au ciel.

— On a le jet privé. Tout va bien.

— Comment ça va ? demande Alex en entrant.

Je hausse les épaules.

— J'ai connu mieux. Mais c'est bon de vous voir.

Colin passe un bras autour de mes épaules et me serre dans ses bras. C'est alors que je vois Frankie derrière eux.

Putain, elle est vraiment à croquer.

— Je suis vraiment désolé, Knox. Darlene était une personne incroyable et je sais qu'elle va me manquer.

Les mots de Colin me nouent la gorge.

— Oui, c'est vrai.

— J'aurais aimé mieux la connaître, dit Logan.

Colin recule tandis que Logan me serre dans ses bras.

— Elle vous aimait bien. Vous tous, je réponds.

Mon regard ne cesse de se poser sur Frankie. J'ai envie de la prendre dans mes bras et de libérer toutes les émotions refoulées que j'ai ressenties cette semaine.

— Je n'arrive pas à croire que vous soyez tous venus ici.

Jackson secoue la tête et s'avance pour me serrer dans ses bras.

— Bien sûr qu'on est là. On est une famille.

Je le serre un peu plus fort.

— Merci, mec. Vraiment, dis-je d'une voix fêlée.

Alex jette un coup d'œil par-dessus son épaule.

— On te laisse une minute.

Alex et Jackson me donnent une tape sur l'épaule alors qu'ils se dirigent vers l'intérieur.

— Mais ne crois pas qu'on ne va pas en parler, dit Colin en pointant un doigt vers moi.

Un sourire en coin se dessine sur mes lèvres.

— D'accord.

— Sérieux, répond Logan. Comment est-ce qu'on n'a pu ne pas être au courant ?

Je le pousse vers l'intérieur derrière Colin.

— Parce qu'on ne l'a dit à personne.

— Je t'engueulerais bien, mais j'ai peur que ta mère me crie dessus.

— Tu n'as pas tort, lui dis-je avec un petit rire.

Il secoue la tête et je fais un pas vers Frankie. Nous sommes les deux seuls à être restés dans le hall d'accueil.

— Salut.

Putain, le son de sa voix m'a manqué.

— Salut. Comment tu vas ?

— Je suis désolée pour ta grand-mère.

On a parlé en même temps. Frankie repousse une mèche de cheveux derrière son oreille. Elle a l'air bien habillée – trop habillée – avec une robe noire, les cheveux relevés en chignon sur le dessus de la tête. Elle ne ressemble en rien à la Frankie que j'ai l'habitude de voir tous les jours.

Le silence s'étire entre nous. C'est un sentiment nouveau, qui n'est pas le bienvenu. Les yeux de Frankie ne quittent pas les miens. Elle est la première à rompre le silence.

— Pourquoi tu ne m'as pas dit que ta grand-mère était morte ?

— Parce que si je te l'avais dit, ça aurait été réel. Et je n'étais pas prêt à l'accepter.

Frankie s'approche de moi d'un pas, elle tend les mains pour lisser les revers de ma veste.

— Tu n'avais pas à traverser ça tout seul.

Je couvre sa main avec la mienne et sens la chaleur qui émane d'elle.

— Je...

Les mots me manquent. Toute ma vie, je n'ai compté que sur ceux qui ne m'abandonneraient pas.

Maman.

Grand-père.

Mamie.

Tous les autres m'ont quitté. Je n'ai jamais voulu être vulnérable devant eux parce que je ne voulais pas leur montrer que j'avais besoin d'eux.

C'était un gros mensonge.

Parce que j'ai vraiment besoin des gens. Et même si je me disais tout le temps que je n'avais personne sur qui compter, c'était faux.

J'avais les gars.

Le coach.

Frankie.

Au lieu de la repousser, j'aurais dû m'accrocher à elle.

J'espère seulement que je n'ai pas tout gâché.

Elle pose sa paume contre ma joue. Je penche la tête, en savourant la sensation et me sentant en paix pour la première fois depuis que j'ai appris la nouvelle.

— Knox…

— On va commencer, mon chéri, l'interrompt maman.

Frankie recule, mais je la retiens.

— Tu viens t'asseoir avec moi ?

Elle tend le bras et prend ma main.

— Je ne voudrais être nulle part ailleurs.

FRANKIE

. . .

LA CÉRÉMONIE PASSE en un clin d'œil. Knox est resté accroché à moi pendant tout ce temps. Ses larmes ont fait couler les miennes. Ensuite, les gars et moi sommes allés chez Shannon pour organiser la réception pendant qu'elle et Knox assistaient à l'enterrement en privé.

— Frankie, tu n'as pas besoin de faire la vaisselle ! me gronde Shannon après la réception, alors que le dernier plat est posé à côté de l'évier.

— C'est la dernière chose dont vous devez vous préoccuper en ce moment.

— C'est une bonne distraction.

— Ça ne me dérange pas de vous aider. Je peux rester si vous avez besoin d'autre chose ? dis-je en accrochant le torchon sale au-dessus de l'évier.

Elle s'approche et me prend dans ses bras.

— C'est bon. Je pense que quelqu'un d'autre a davantage besoin de toi, dit-elle en s'écartant avant de lisser mes cheveux. Merci d'être venue. Merci d'être là pour Knox. Qu'il te le dise ou non, il a besoin de toi plus que tu ne le penses.

Les larmes me montent aux yeux.

— J'espère juste que je n'arrive pas trop tard.

— Oh, mon Dieu, dit-elle en me prenant dans ses bras. Parfois, Knox ne sait pas comment gérer ses sentiments, mais je sais reconnaître l'amour quand je le vois. Et vous en avez tous les deux à la pelle.

Une larme s'échappe.

— Merci.

— Maintenant, va le chercher. Je m'occupe de ranger les restes. Shannon me chasse de la cuisine. J'attrape une bière et je suis le bruit des rires dans l'autre pièce.

Un feu crépite dans la cheminée. Knox et les autres se tiennent là, bières à la main.

— C'est à cause d'elle qu'on ne pouvait plus jouer au

loto. Qui se bat en jouant au loto ? dit Colin d'une voix faussement exaspérée. Je vous jure, jouer au football est plus facile que de jouer au loto avec Darlene !

Knox éclate de rire, un vrai rire. C'est un son qui m'avait manqué. Il a fallu qu'il parte pour que je comprenne ce que je voulais vraiment dans la vie.

— Et puis les dominos ont aussi été interdit, déclare Logan en pointant une bouteille de bière dans ma direction. Jackson a failli se battre à cause de ça !

Il lève les mains en signe de défense, tandis que je me rapproche du groupe.

— La seule raison pour laquelle je ne l'ai pas fait, c'est parce que j'ai déclaré forfait. Tu sais à quel point c'était dur ?

Knox me fait un clin d'œil alors que je me place à côté de lui. Nos bras se frôlent, la sensation fait naître des papillons dans mon ventre.

— On aurait dit qu'ils jouaient pour un million de dollars, dit Alex en secouant la tête et en sirotant sa bière. Pas pour des barres chocolatées.

— Tu crois qu'on sera comme ça quand on sera vieux ? demande Jackson.

— Putain, on sera dix fois pire ! confirme Colin. Aucun d'entre nous n'arrêtera jamais !

— Je déteste interrompre la fête, mais nous devons nous rendre à l'aéroport, dit Alex en posant sa bouteille sur le bord de la cheminée.

Tout le monde embrasse Knox avant de partir.

— Prends soin de lui, d'accord ? dit Logan en me serrant rapidement dans ses bras en passant.

— Pas de souci.

— Il a de la chance de t'avoir.

Je le serre un peu plus fort.

— Moi aussi j'ai de la chance de l'avoir.

Même en n'ayant passé que les dernières heures avec les gars, je sais pourquoi Knox les aime tant. Denver n'a que de bons gars, mais je n'avais pas encore eu la chance de les connaître.

J'espère qu'ils feront partie de ma vie à l'avenir, grâce à l'homme qui se tient devant moi.

— Tu n'as pas besoin d'aller avec eux ? demande Knox.

Je secoue la tête.

— J'ai été suspendue pour une semaine.

— Quoi ? Sa voix résonne dans le silence.

Je lève les mains, me rapprochant de lui.

— Suspendue en étant payée. Ça aurait pu être pire.

— Mais tu n'as pas été virée ?

— Non. Je ne sais pas si j'aurai une promotion un jour, mais ça ne fait rien.

— Frankie, non…

Je lève une main pour le faire taire.

— C'est bon. Un autre poste viendra, peut-être avec Denver, peut-être pas. Mais j'ai réalisé ce qui était le plus important.

— Et c'est quoi ?

La lumière vacillante du feu illumine son beau visage.

— Toi. Nous. Construire une vie ensemble… si tu veux bien de moi.

Passant une main autour de ma taille, Knox m'attire à lui.

— Frankie, j'ai merdé. Quand ma grand-mère est morte, je n'ai pas bien réagi. Et je me suis défoulé sur toi.

Je secoue la tête, mais il continue.

— J'aurais dû te le dire, mais je ne l'ai pas fait. Parce que personne ne m'a jamais soutenu. Quand tu m'as mis sur la touche et que tu m'as remplacé par Black, j'ai cru que tu le choisissais lui plutôt que moi et j'ai craqué.

Je l'attrape par les revers de la veste et je l'attire à moi.

— Tu ferais mieux d'écouter ça, Knox Fisher. J'avais peut-être des priorités mal placées, mais ce n'est plus le cas. Je te veux. Je t'aime, Knox, et je suis désolée si je t'ai donné l'impression du contraire.

— Mais tu es OK avec le fait de ne pas avoir de promotion ? Je ne veux plus qu'on se cache. Je ne peux pas continuer comme ça.

— Comprends bien ceci, - en saisissant sa nuque, je l'attire plus près de moi - nous pouvons être ensemble. Je suis transférée à la sûreté, et je ne peux pas interférer avec toi et ton entraînement, mais le plan est en place.

Knox me hisse dans ses bras.

— Je suis désolé, Frankie. Je sais à quel point tu voulais cette promotion.

Je hoche la tête.

— Ça fait mal, mais ça ferait encore plus mal de te perdre.

— Tu ne vas pas continuer à chercher des raisons d'en finir ? Je sais que tu détestes être plus vieille… il se tait.

Je lui souris.

— Je suis partante, carrément.

Un sourire suffisant illumine son visage.

— Tu m'aimes ?

Je passe une main dans ses cheveux. Être dans ses bras comme ça, c'est quelque chose que je ne pensais pas pouvoir retrouver. Tellement que je ne peux pas continuer à me mentir à ce sujet.

Knox réduit la distance entre nos bouches, un baiser passionné met le feu à toutes mes terminaisons nerveuses, quelque chose que lui seul peut me faire ressentir. Sa langue se mêle à la mienne et nous nous prenons l'un l'autre.

— Je t'aime, Frankie. Il a peut-être fallu quelques

années pour en arriver là, mais je suis à fond. Toi. Moi. Je veux tout.

— Carrément.

J'y retourne pour un autre baiser. Je suis accro. Je ne veux plus jamais me passer de ses baisers.

L'air est frais autour de nous quand il s'écarte enfin.

— Reste avec moi ce soir, murmure-t-il contre mes lèvres.

— Il faudra que tu te battes pour que je parte.

Knox m'entraîne dans la maison désormais sombre. Il ne s'arrête pas avant que nous soyons dans sa chambre faiblement éclairée.

Nos mouvements ne sont pas pressés et nous resserrons notre lien. Un lien qui ne sera pas brisé par le football ou les postes à pourvoir.

Nous sommes tous les deux impliqués.

Pour toujours.

C'est tout ce que nous avons besoin de savoir alors que nous nous retrouvons. L'amour que nous ressentons l'un pour l'autre rendant notre orgasme encore plus intense.

Je ne sais pas comment j'ai pu penser que je pourrais un jour me passer de cet homme.

Parce que c'est Knox.

Knox est tout pour moi.

Rien d'autre ne compte que nous deux.

C'est exactement comme ça que ça devrait être.

Chapitre Vingt-Neuf

KNOX

— C'est bizarre de regarder le match depuis le canapé au lieu de jouer ? demande ma mère alors que l'équipe entre sur le terrain.

Quelques jours se sont écoulés depuis l'enterrement. Heureusement, l'équipe m'a donné le temps de repos dont j'avais besoin. Je n'étais pas dans le bon état d'esprit après tout ce qui s'était passé, alors je suis reconnaissant pour ces semaines de repos.

— Je regarde toujours ce qui se passe sur la ligne de touche. Oh, vous parliez à Knox ? dit Frankie en riant et en mettant une chips dans sa bouche.

— C'est toi qui décides du jeu, lui dis-je.

— Il faut bien que quelqu'un te mette en valeur.

— Je ne sais pas comment je te supporte. Passant un bras autour de ses épaules, je l'attire plus près de moi dans une étreinte serrée et enjouée.

Ses efforts pour me repousser sont vains et je la serre plus fort.

— C'est parce que tu m'aimes.

— Eh, peut-être.

Je la lâche, son visage est hilare et plein de joie.

Et dire que j'ai failli la repousser parce que je ne pouvais pas avoir l'entraîneuse et la femme à la fois. Cette fille est la meilleure chose qui me soit arrivée.

— Ça va aller si je vous laisse seuls pendant quelques heures ? demande Maman alors que les gars se dirigent vers le milieu de terrain pour le tirage au sort.

— Bien sûr, maman.

Elle dépose un baiser sur mon front, prend son sac à main et sort.

— Elle n'était pas obligée de partir.

Frankie se blottit encore plus contre moi alors que les Mountain Lions donnent le coup d'envoi du match.

— Je sais que vous ne vous voyez pas beaucoup pendant la saison, ajoute-t-elle.

— Ça a été deux longues semaines pour elle. Je pense qu'elle a besoin d'être seule.

— Tu as de la chance d'avoir une mère aussi géniale.

Je souris à Frankie.

— C'est la meilleure. Elle a beaucoup compensé le départ de mon père.

— Je devrais être reconnaissante envers elle et tes grands-parents. Tu es devenu quelqu'un de plutôt génial.

Je me penche, et je dépose un doux baiser sur ses lèvres, pour lui montrer combien je l'aime. Peu de gens seraient prêts à sacrifier leur carrière, en particulier quelqu'un d'aussi passionné et motivé que Frankie. Mais elle l'a fait.

Pour moi.

Je ne sais pas si je la mériterai un jour, mais je vais me battre chaque jour pour lui prouver que ça en valait la peine.

« Très bon sack [1] de la part de Black ! » crie le commentateur, nous faisant nous séparer pour reporter notre attention sur le match.

— Est-ce que j'ai le droit de dire qu'il a été bien choisi ? dit Frankie d'une voix hésitante.

— Tu peux le dire. Je ne vais pas m'énerver sur toi. Même si c'est un con. Je passe les doigts sur sa joue, tandis que ses yeux me fixent avec tant d'amour. Toi et ta sagesse du fait d'être *bien plus vieille* m'avez appris une ou deux choses.

— Seulement une ou deux ? dit-elle en haussant les sourcils. Punaise, il va falloir que je bosse dur. C'est un bon joueur, mais personne ne pourra jamais te remplacer.

Le fait qu'elle puisse plaisanter là-dessus maintenant, me calme d'une façon dont je n'aurais jamais cru avoir besoin. Elle est à fond dans notre relation. Il n'y a pas de doute.

Je m'enfonce davantage dans le canapé, reportant mon attention sur le match. L'attaque a désormais pris le terrain.

—Je le sais bien, désormais.

— Newman va bientôt revenir et vous serez tous les deux à nouveau sur la ligne.

— Tu regrettes d'avoir renoncé à ta promotion ?

C'est l'unique pensée qui n'a cessé de me ronger.

Frankie se redresse et m'empoigne le cou. Mes yeux ne quittent pas les siens. Son regard est ardent, alors je sais qu'elle est sérieuse.

— Je ne regretterai jamais d'avoir renoncé à cette promotion pour toi. Jamais. Ça me donne la chance

1. Lorsque le quarterback (QB) se fait plaquer avec le ballon avant même qu'il n'ait pu déclencher son lancer. Le *sack* a un effet décisif sur la progression de l'escouade offensive car bien souvent il amène une perte de terrain.

d'avoir la personne que j'aime le plus au monde avec le sport que j'aime.

— Si tu es sûre…

— La seule raison pour laquelle je pourrais le regretter c'est si je devais être transférée à l'attaque, dit-elle en faisant semblant de frissonner.

— Oui, parce que travailler avec Alex, Logan et Colin serait tellement dur, dis-je en levant les yeux au ciel.

— La défense a toujours été mon domaine de prédilection. Il ne s'agit pas seulement de se jeter sur les corps pour les arrêter. Il y a une méthode dans cette folie que la plupart des gens ne réalisent pas, et j'aime ça.

— Alex rendrait ton travail beaucoup plus facile.

Je montre la télévision alors que Colin se précipite dans la zone d'en-but pour un touchdown facile.

— C'est la défense qui gagne les championnats, répond-elle.

— D'accord, très bien. Tu as gagné.

— Merci.

Frankie dépose un baiser sur mes lèvres et tourne la tête pour regarder le match. Colin saute de joie dans la zone d'en-but.

— Il y a autre chose dont je voulais te parler.

J'y pense depuis que j'ai parlé à ma mère au funérarium. J'espère qu'elle est d'accord.

— Ah oui ? répond-elle sans me regarder.

— Vu le temps que nous avons passé ensemble, certains pourraient se demander quelle serait la prochaine étape logique de notre relation.

— Tu demandes ça pour toi, ou parce que les gens te le demandent ?

— Ma mère m'a donné les bagues de ma grand-mère quand elle est décédée. Elle a dit qu'elle aurait voulu que je les aie pour les donner à la femme que j'aimais.

— Attends.

Ma remarque attire l'attention de Frankie qui s'installe sur mes genoux. Ta grand-mère le savait ?

Je ris.

— Comme elle l'a dit à ma mère, un parfait inconnu aurait pu voir à quel point nous nous aimions.

— Et pourtant, personne dans l'équipe ne l'a découvert.

— Je suppose que nous étions plutôt doués pour nous cacher quand il le fallait, dis-je en passant mes bras autour de sa taille et l'attire plus près de moi. Et avouons-le, les gars sont plutôt aveugles parce qu'ils sont tous amoureux.

— C'est quoi ta question en fait, Knox ?

Frankie prend la chaîne que je porte toujours et commence à jouer avec, une habitude quand elle est nerveuse.

— Je ne te demande pas encore en mariage, mais est-ce que c'est quelque chose que tu aimerais ?

Frankie soupire sans me regarder.

— Est-ce que c'est quelque chose que tu veux ? je redemande en lui soulevant le menton pour qu'elle me regarde.

Je suis sur les charbons ardents. Je n'avais jamais vraiment pensé au mariage avant. Mais avec Frankie ? Je veux qu'elle soit mienne pour toujours. La personne avec qui je serai jusqu'à mon dernier souffle. Parce que je l'aime plus que tout au monde.

Encore plus que le football.

— Oui, mais si nous nous marions maintenant, les gens ne vont-ils pas penser que je n'ai eu mon travail que grâce à toi ?

— Personne ne penserait ça.

Frankie secoue la tête.

— Bien sûr que si. J'ai travaillé dur pour arriver là où

je suis, et je ne veux pas que quelqu'un pense que j'ai obtenu mon poste uniquement grâce à toi.

— Qu'est-ce qui doit se passer alors pour que je te demande en mariage ? Que je prenne ma retraite ? Parce que ça n'arrivera pas avant des années, Frankie.

— Tu as encore de trop belles années devant toi pour attendre ça, dit-elle en fronçant le nez alors qu'elle réfléchit. Pourquoi pas après un Super Bowl ?

— Une victoire ou une défaite ? je lui demande.

— Tu voudrais vraiment me demander en mariage si on perdait ?

— Ça rendrait la soirée plus agréable.

— Mais une victoire serait encore plus mémorable, fait-elle remarquer.

— Je ne peux donc pas te demander en mariage tant qu'on n'a pas gagné le Super Bowl ?

Frankie me sourit.

— Peut-être que ça te donnera une motivation supplémentaire pour y arriver.

Je la retourne pour que son dos soit contre le canapé et je m'installe sur elle de tout mon poids.

— Très bien, je grommelle. Une victoire au Super Bowl. Mais tu ferais mieux de te préparer, Rose, parce qu'à la seconde où nous gagnerons, j'aurai un genou à terre. Est-ce que je peux me contenter que tu emménages avec moi jusqu'à ce moment-là ?

— Si c'est ta définition de l'arrangement, je pense que je pourrai m'en accommoder.

Nous nous embrassons.

Oh oui, je suis d'accord avec cet arrangement.

Chapitre Trente

FRANKIE

— Tu es sûre de vouloir faire ça ? me demande encore Knox.

Nous sommes rentrés à Denver hier, et c'est notre premier jour de retour à l'entraînement. On a passé la matinée à remplir des formulaires avec l'équipe pour s'assurer qu'il n'y aurait pas de retour de flamme pour eux. Maintenant, nous nous dirigeons vers le terrain d'entraînement.

Moi avec les safeties, Knox avec les linebackers.

Ça va être bizarre, mais je suis prête.

— Ils vont comprendre quand ils vont se rendre compte que je ne suis pas avec vous.

— Ils seront jaloux que tu travailles avec les safeties.

— Denver aura les meilleurs safeties de la ligue quand j'en aurai fini avec eux, dis-je tout sourire en le regardant.

— Oooh, regardez ! Voilà l'heureux couple, dit Logan en sortant des vestiaires, Alex et Colin sur ses talons.

— C'est dégoûtant. Est-ce qu'on va devoir vous voir vous peloter tout le temps ? demande Colin.

— Nous *peloter* ? Tu as quoi, quatre-vingt-dix ans ?

répond Knox en le bousculant alors qu'il s'approche de nous.

— Tu peux parler, Colin. Tu es dans le bureau de Peyton dès que tu en as l'occasion, déclare Alex.

— Au moins, on fait ça dans son bureau, répond-il en agitant les sourcils.

— Crois-moi, il n'y aura rien de tout ça entre nous deux, dis-je, le défi plein la voix.

— Quoi, sérieux ? me répond Knox qui se retourne pour me faire face.

— C'est vraiment une conversation que tu veux avoir devant les autres ?

— Je renoncerais si j'étais toi, dit Jackson en donnant une tape sur l'épaule de Knox alors qu'il se dirige vers le terrain. Je ne pense pas que ça va bien se terminer pour toi.

— Je pense qu'on devrait partir, mais c'est trop drôle, dit Logan en souriant à côté de Colin.

— Elle le tient déjà par les couilles. J'adore, dit Colin, adossé au mur.

— Bon, d'accord, partez maintenant, bande d'enfoirés, dit Knox en les poussant tous dans le couloir qui mène au terrain.

J'ai appris à mieux connaître ces gars-là au cours des dernières semaines. Ils sont vraiment comme des frères. Des frères qui se mêlent beaucoup trop des affaires des autres, mais j'aime l'affection qu'ils se portent les uns aux autres.

— Tu le pensais vraiment ? murmure Knox alors que je m'élance à leur suite. J'avais un peu envie de faire des galipettes dans ton bureau.

— Des galipettes ? T'es sérieux, Knox ? dis-je en riant. Pour la première fois, nous n'avons pas à cacher notre relation. J'ai l'intention de rentrer à la maison avec toi, et nous pourrons faire toutes les galipettes que tu veux dans notre lit.

Knox m'arrête et me ramène contre lui.

— J'aime bien entendre ça.

— Galipettes ?

J'incline mes lèvres d'un centimètre. Son souffle chaud les effleure, attisant le désir que j'éprouve déjà pour lui.

— Non. *Notre lit.*

Il dépose un rapide baiser sur mes lèvres et file devant moi.

— C'était vraiment méchant, ça ! je crie dans son dos.

— Je peux te dire la même chose.

Il me fait un clin d'œil en courant jusqu'à l'endroit où les défenseurs attendent.

Le ciel est gris et les respirations sont suspendues au-dessus du terrain pendant que les gars s'entraînent. Il fait froid, et les températures du match devraient être encore plus froides. La neige étant prévue pour dimanche, nous nous entraînons à l'extérieur.

— Hé Coach ! C'est super que tu sois de retour ! me dit Newman en s'arrêtant près des mannequins de plaquage alors que je rabats mon bonnet sur ma tête. J'espère qu'on t'a rendue fière de nous cette semaine.

Maintenant que le moment est arrivé, mes nerfs prennent le dessus.

— Comme toujours, Newman, dis-je en souriant au jeune recrû. Il est l'une des raisons pour lesquelles j'aime tant entraîner. C'est en voyant les progrès qu'il a accomplis cette saison que j'aime mon métier.

— Qu'est-ce qu'il y a au programme de l'entraînement aujourd'hui ? demande-t-il en tenant son casque à la main.

Je n'ai rien à dire.

— Tu vas devoir demander ça au coach Reich.

— Quoi ? Pourquoi ? Il a l'air perdu alors que les

autres linebackers arrivent derrière lui. Knox va se placer à côté de lui et me fait signe de continuer.

— Je passe aux safeties.

— Mais pourquoi ? Tu es la meilleure coach qu'on ait.

Les entraîneurs Jenkins et Reich choisissent ce moment pour arriver. Coach Brooks les a mis au courant, et bien qu'ils aient été choqués au début, ils les ont soutenus. Surtout dans la mesure où ils ont obtenu leurs promotions.

— Et moi j'ai fait quoi ? dit le coach Jenkins.

— Désolé Coach. C'est juste que, bon, Frankie a travaillé avec moi toute la saison. C'est grâce à elle que j'en suis arrivé si loin.

Jenkins lui sourit.

— Tu ne penses pas qu'il serait juste de laisser nos safeties l'avoir ?

— Ne te méprends pas, Newman, j'adore travailler avec vous, mais si je veux être avec Knox, je dois changer de ligne.

Voilà. J'ai enlevé le pansement. Je les regarde se rendre compte de ce que j'ai dit. Knox se tient là, un sourire perplexe aux lèvres.

— Attendez, quoi ? dit Newman qui regarde Knox, puis moi, avant de reporter son regard sur Knox. Vous êtes ensemble ?

— Moi qui pensais que tu étais plus intelligent que ça, dit Knox en lui donnant un coup de poing dans les épaulettes.

— Genre, ensemble, ensemble ? demande encore Newman.

— Je crois qu'il hallucine là, dit Knox en me regardant droit dans les yeux.

— Je pense que oui, dis-je en riant.

— Super, merci de choquer mes joueurs quand je

prends la relève, dit l'entraîneur Reich en levant les yeux au ciel. Newman, tu penses que ça va aller ?

— C'est juste que... coach Rose est toujours si dure avec Knox.

— Tu crois que j'y allais doucement avec toi ? dis-je en soulevant un sourcil. Parce que je peux demander à l'entraîneur Reich d'intensifier ses efforts si tu penses que je ne te fais pas travailler assez dur.

— Oh merde, marmonne-t-il.

— Je pense que juste pour ça, tout le monde va me faire des *suicides drills*, dit le coach Reich en sifflant.

— Sérieux, Newman ? T'es content ? gémit Knox. Tu ne pouvais pas la boucler ?

— Comment je pouvais faire alors que j'apprends que vous êtes ensemble ? J'ai tellement de questions.

— Si tu n'arrêtes pas de demander, tu vas nous attirer encore plus d'ennuis.

Je ne peux pas m'empêcher de rire de ces deux-là alors que le reste des linebackers les rejoignent.

— Tu es sûre de ta décision ? demande l'entraîneur ?

J'observe la silhouette de Knox qui s'éloigne pour aller faire des exercices avec la défense.

— Je n'ai jamais été aussi sûre de quelque chose de toute ma vie.

Épilogue

KNOX - QUATRE ANS PLUS TARD

— Très bien les gars. Encore un arrêt et vous savez ce qui va se passer ! crie le coordinateur de la défense.

On l'entend à peine à travers le bruit du stade.

C'est la quatrième et troisième tentative, avec moins de deux minutes à jouer. L'attaque de Houston a la balle, mais même s'ils réussissent ce jeu, ils ont utilisé leur dernier temps mort et sont menés de dix points.

Dans le match de championnat de l'AFC.

Je cherche Frankie des yeux parmi le petit groupe et elle me fait un clin d'œil. Il n'y a pas moyen de ne pas faire cet arrêt. Non seulement pour moi, mais aussi pour la femme qui se tient en face de moi. L'énergie de ce groupe de gars est un câble sous tension.

— Vous avez entendu l'entraîneur. Finissons ce match tout de suite ! je hurle au groupe.

J'ai des frissons dans le dos lorsqu'ils crient autour de moi. Le match pour lequel tous les professionnels du football, joueurs et entraîneurs, travaillent dur est à portée de main.

C'est ce que je veux. Pas seulement pour moi, mais pour chacun des gars qui se tient autour de ce groupe. Ils se sont démenés ces dernières années. Être si près du but et ne pas y arriver, c'est quelque chose qui vous colle à la peau.

Et maintenant, faire partie de ce parcours épique que nous avons eu cette année ? Avec Frankie toujours à mes côtés ?

C'est unique.

Houston revient sur le terrain en courant.

J'attrape mon casque et je le mets sur ma tête.

— Ramène le trophée à la maison, gamin ! dit Frankie en me regardant, souriante sous son bonnet.

Il a commencé à neiger au milieu du match. Rien de bien méchant, mais ça a joué en notre faveur.

— Tu me traites encore de gamin, hein ?

Comme le premier jour du camp d'entraînement, il y a des années.

Elle hausse les épaules alors que je recule sur le terrain.

— Peut-être que je t'appellerai par ton prénom si tu nous amènes au Super Bowl.

— Attends un peu, Frankie. Donne-moi une minute pour arrêter ces gars, et je viendrai te trouver.

Houston s'aligne et annonce son jeu.

— Newman, surveille l'extrémité étroite ! je lui crie, en observant les changements sur la ligne.

Le ballon est lancé, et au lieu que leur QB se faufile à travers la ligne, il le passe au running back. Je le suis, alors qu'il esquive à gauche, puis à droite, avant de décider d'aller chercher le ballon au milieu.

Je réponds à son saut par un autre, le poussant vers l'arrière. Je ne lâche pas prise jusqu'au coup de sifflet et l'un des gars me tire vers le haut.

Tous les supporters se déchaînent pour nous encourager. Alex court sur le terrain, sérieux et déterminé, tandis que l'équipe saute de joie sur la ligne de touche.

Nous les avons arrêtés. Nous avons arrêté Houston !

Les Mountain Lions de Denver vont au Super Bowl.

Au putain de Super Bowl !

— Bien joué, Knox ! dit Alex en me donnant une tape dans le dos alors que je cours vers la ligne de touche.

Frankie tape sur le casque de tous les joueurs qui passent devant elle en courant et en la serrant dans leurs bras.

Ses yeux sont humides quand elle me voit enfin. Je détache la sangle sous mon casque et je le lance vers le banc.

— Alors, je suis toujours un *gamin* ? dis-je en lui faisant un clin d'œil.

— Je suppose que je peux t'appeler Knox maintenant que je sais qu'on va au Super Bowl.

— T'as intérêt !

Elle me saute dans les bras, s'agrippant à mon dos avec ses chevilles.

— Ce jeu était incroyable, la façon dont tu as saisi ce qu'allait faire le gars !

La fierté dégouline de ses paroles alors que je la serre contre moi.

— J'ai été à bonne école, dis-je en m'écartant pour essuyer une larme perdue.

Frankie a été ma première coach. Avant même que nous ayons commencé cette histoire entre nous, c'est elle qui m'a appris à devenir un meilleur joueur. Sans elle, je ne serais pas là où je suis aujourd'hui.

Tous les joueurs de la défense pensent la même chose. Frankie est intelligente. Elle connaît mieux le jeu que la plupart des entraîneurs de la ligue.

L'avoir à mes côtés dans les dernières secondes, c'était spécial.

— Les Mountain Lions de Denver sont partis vers le Super Bowl ! fait la voix du speaker qui résonne dans le stade.

— Oh putain, je n'arrive pas à croire que c'est en train d'arriver ! dit Frankie en me couvrant de baisers. On va au Super Bowl, Knox !

J'ébouriffe ses cheveux et je m'imprègne de son bonheur. Elle rayonne, elle déborde de fierté.

— C'est toi qui nous as amenés jusqu'ici.

Frankie m'embrasse une dernière fois, longuement, avant de glisser hors de mes bras.

— Je t'aime dit Frankie en serrant ma main.

— Pas autant que moi.

Elle lève les yeux au ciel.

— J'en doute.

— Tu vas te disputer avec moi ?

— Tu ne m'aimerais pas si je ne t'aimais pas.

Si ce n'est pas la vérité… Frankie n'est jamais du genre à reculer devant moi. Elle me pousse toujours à faire plus, comme je ne pensais jamais en avoir besoin. Je suis un meilleur homme grâce à elle. Un meilleur joueur. Je déteste penser à la vie sans elle.

Parce que ce ne serait pas vraiment une vie.

— Sacré arrêt, Knoxy ! dit Colin en me sautant sur les épaules par-derrière. Merci d'avoir tout appris à notre gars, Frankie !

— C'est lui qui a fait le plus dur, répond-elle.

Elle n'est pas du genre à accepter les compliments.

Elle s'éclipse vers les autres entraîneurs tandis que les gars s'agglutinent autour de moi.

— On va au Super Bowl ! dit Alex et les confettis se mélangent maintenant à la neige qui tombe sur le terrain.

— Je n'arrive pas à y croire ! déclare Jackson en regardant autour du terrain. On a vraiment réussi.

— On a mis le temps ! acquiesce Logan.

Il a raison. Même pour lui, qui est arrivé il y a seulement quelques années. Nous sommes tous dans cette ligue depuis longtemps. La plupart des joueurs n'atteindront jamais le grand match, et encore moins la victoire.

Être ici aujourd'hui, avec ces gars-là ? J'en ai les larmes aux yeux.

— Il n'y a personne d'autre que vous avec qui je préférerais me battre, dis-je.

— Ooh, Knox nous aime, dit Colin fou de joie.

— Il m'a toujours aimé, rétorque Logan.

— Je t'en prie. C'est moi qu'il aime le plus, argumente Colin.

— Je suis presque sûr que c'est Frankie qu'il aime le plus, leur rappelle Alex.

— Et revoilà la police du rire, Alex, dit Colin en levant les yeux au ciel.

— J'aime chacun d'entre vous. Je vous aimerai encore plus si vous réussissez à nous ramener un Super Bowl, répond Knox.

Tous les regards se tournent vers moi. Je regarde l'équipe qui fait la fête autour de nous alors que la scène est prête à recevoir le trophée du championnat de l'AFC. Je vois Frankie, qui serre ma mère dans ses bras sur la ligne de touche.

Il n'y a que de la fierté et de l'amour pour ce groupe de gars. Nous nous sommes démenés pour en arriver là. Nous avons joué dans la douleur et le chagrin pour continuer à nous améliorer chaque année.

Car si cette victoire nous rapproche un peu plus, ce n'est pas celle que nous voulons. Celle que nous voulons, c'est dans deux semaines.

Deux semaines pour regarder et travailler sur les vidéos.

Deux semaines où les nerfs et les experts se demanderont si les Mountain Lions ont ce qu'il faut pour remporter le grand match.

Deux semaines.

C'est tout ce qui nous sépare du grand match.

C'est parti, putain.

FIN

Vous voulez une scène bonus sur ce qui s'est passé à Buffalo ? Inscrivez-vous à ma newsletter maintenant !

À propos de l'auteur

Après avoir remporté une récompense pour jeunes auteurs au primaire, Emily Silver a décidé de devenir écrivain. Elle adore les héroïnes fortes et les hommes merveilleux qui tombent amoureux d'elles.

Fervente amatrice de romances, Emily a commencé à écrire des livres qui se déroulent dans différents lieux du monde entier. Grande voyageuse, elle a visité les sept continents et fait le tour du monde.

Quand elle n'écrit pas, Emily est souvent sur son porche en train de siroter des cocktails, de lire toutes les histoires d'amour qui lui tombent sous la main et de planifier sa prochaine grande aventure !

Retrouvez-la sur les réseaux sociaux pour rester informés de toutes ses aventures et ses prochaines parutions !

Du même auteur

Les Lions de Denver

Sur la touche

Passe offensive

Remise en jeu

Contact illégal

Le Grand Match

Autres titres en anglais par Emily Silver

The Denver Mountain Lions

Roughing The Kicker

Pass Interference

Sideline Infraction

Illegal Contact

The Big Game

Dixon Creek Ranch

Yours to Take

Yours to Hold

Yours to Be

Yours to Forget

Off the Deep End — roman hors série, romance sportive MM

The Ainsworth Royals

Royal Reckoning

Reckless Royal

Royal Relations

Royal Roots

Royal Ties

The Love Abroad Series

An Icy Infatuation

A French Fling

A Sydney Surprise

www.ingramcontent.com/pod-product-compliance
Lightning Source LLC
Chambersburg PA
CBHW030131010826
48973CB00002B/515

9781961359314